CARLA CRESPO
Una chica de asfalto

Editado por Harlequin Ibérica.
Una división de HarperCollins Ibérica, S.A.
Núñez de Balboa, 56
28001 Madrid

© 2015 Carla Crespo Usó
© 2015 Harlequin Ibérica, una división de HarperCollins Ibérica, S.A.
Una chica de asfalto, n.º 91 - 1.10.15

Todos los derechos están reservados incluidos los de reproducción, total o parcial. Esta edición ha sido publicada con autorización de Harlequin Books S.A.
Esta es una obra de ficción. Nombres, caracteres, lugares, y situaciones son producto de la imaginación del autor o son utilizados ficticiamente, y cualquier parecido con personas, vivas o muertas, establecimientos de negocios (comerciales), hechos o situaciones son pura coincidencia.
® Harlequin, HQN y logotipo Harlequin son marcas registradas por Harlequin Enterprises Limited.
® y ™ son marcas registradas por Harlequin Enterprises Limited y sus filiales, utilizadas con licencia. Las marcas que lleven ® están registradas en la Oficina Española de Patentes y Marcas y en otros países.
Imagen de cubierta utilizada con permiso de Dreamstime.com.

I.S.B.N.: 978-84-687-6692-8
Depósito legal: M-24830-2015

*Para mis chicas de asfalto,
porque, sin vosotras, nada de esto sería posible.*

*Solo se ve bien con el corazón,
lo esencial es invisible a los ojos.*
El Principito
Antoine de Saint-Exupéry

Capítulo 1

Claudia

Hoy es mi último día de sufrimiento.

Hace ya más de un año que empezó el calvario. Trabajo en el Banco del Turia, una entidad de las de toda la vida con sede en Valencia; la ciudad donde vivo y en la que nací. La crisis, la maldita crisis. ¿Quién hubiera dicho que el banco sería intervenido, que el FROB tendría que inyectarle dinero y que, más tarde, sería adjudicado a otro banco por el precio simbólico de un euro? Yo, desde luego, no.

Empecé a trabajar en el banco al terminar la carrera. Como casi todos los que entraron en mi época, entré en la entidad tras haber realizado allí las prácticas como cajera. A partir de ahí mi evolución fue como un tiro: en cuanto me hicieron fija me pasaron a mesa como comercial y al año me nombraron subdirectora. Hace doce meses, cuando ya me frotaba las manos con el cargo de directora, el Banco de España tuvo que rescatarnos. Mi gozo en un pozo.

Lo que hasta entonces había sido un camino de rosas se convirtió en un tortuoso camino empedrado hasta el día de hoy. Un camino que incluía algunas piedras —o pedruscos— como un ERE en el que casi la mitad de los compañeros habían sido despedidos o la absorción de nuestro pequeño y familiar banco por uno mayor. Esto resultó bastante duro. Nuevos compañeros, nuevos jefes, nuevas normas, nuevo programa informático... Vamos, casi nada.

Y para rematar la faena habían llegado los traslados.

Los temidos traslados. Traslados que bien podían ser a otras ciudades de España o a localidades más pequeñas. Eso era lo que me aterraba. Hacía un mes que nos lo habían comunicado y yo no había vuelto a dormir de un tirón. Y eso que soy una marmota. Pero ya no. Todas las noches me meto en la cama, los ojos se me abren como platos y el corazón se me pone a mil. Ni las infusiones relajantes me hacen efecto; nada. Porque si hay algo para lo que no estoy preparada, ni lo estaría en un millón de años, es para que me trasladen a una zona rural.

No, no y no. Yo soy una chica de asfalto. A mí lo que me gusta es la ciudad, el campo está bien para una excursión de un día. Bueno, en realidad ni eso, porque luego cuando estoy allí me molestan las moscas y se me hunden los tacones en la hierba. Yo prefiero ir de excursión a Zara y recorrerme la calle Colón en una tarde de shopping. Además, tengo el convencimiento de que en mis maratones de compras quemo las mismas calorías que en una jornada de senderismo. Puede que más. Por no hablar de la poca cobertura que suele haber en esas zonas y yo sin móvil y sin Internet no sé vivir.

O sea, que si me trasladan a un lugar de esas características, moriré.

Miro el teléfono y rezo para que no suene. Los de arriba llevan un mes informando a la gente. Hoy es el último día. Solo quedan dos horas para cerrar la oficina. Solo dos horas y podré respirar tranquila. Si no me llaman hoy es que me he librado. Que me quedo. Podré continuar con mi rutina.

Pero tengo miedo. No puedo negarlo. Una clienta se sienta en mi mesa y, aunque me habla, no la escucho. Parece ser que se le ha cobrado alguna comisión o algo así. Asiento comprensiva mientras me pregunto si debería descolgar el teléfono. Si la línea está ocupada no podrán contactar conmigo. ¡Es una idea brillante!

La señora frunce el ceño, se ha dado cuenta de que no le estoy haciendo ni caso. Sonrío con dulzura y le digo que no se preocupe, que le devolveré lo que le han cobrado. Ya que estamos, intento venderle un seguro, pero no cuela. Esta es una hormiguita, de las que ahorra y no gasta un duro. Menos en seguros que no necesita.

Al final no descuelgo el teléfono, hay otras cuatro líneas en la oficina. Si me quieren localizar lo harán. Al fin y al cabo, los de Recursos Humanos también tienen mi móvil.

Suspiro y miro el reloj. Los minutos parecen horas. Dios, qué larga se me está haciendo la mañana. Y, encima, el abuelito que se me ha sentado ahora en la mesa quiere cancelar un plazo fijo. Buf, lo que me faltaba. Pongo los ojos en blanco y me centro en lo que me dice.

Una hora más tarde empiezo a estar más tranquila. Miro a Susi, la chica que está en caja. A la pobre la avisaron hace dos semanas de que la trasladaban a Barcelona.

Se lo ha tomado con filosofía y hasta está contenta. Claro, de todos los destinos posibles le ha tocado una gran ciudad. A ver así quién se queja. Con suerte, puede que de toda la oficina solo la muevan a ella. Ya sería desgracia que se esperaran al último momento para decírmelo.

Casi, casi me estoy frotando las manos por haberme librado cuando suena un teléfono. Me giro para mirar el que hay sobre mi mesa. No, no es ese. El de Susi tampoco es el que suena. Los teléfonos de Pedro y Vicente, los dos comerciales de la oficina, también permanecen en silencio. ¡Dios, es el de Leo, mi director!

No puedo creerlo, ¿van a trasladarlo? Giro con disimulo la cabeza hacia su despacho y le observo a través de la mampara de cristal que le separa de nosotros. No sabría leer su expresión. Frunce el ceño y no parece contento, pero tampoco lo veo afectado en exceso. Igual es una llamada particular y nada tiene que ver con el banco.

Entonces sucede.

En el mismo instante en el que lo veo colgar el teléfono, suena el mío. Me ha pasado la llamada. No puede ser verdad. Respiro hondo y, muy digna, descuelgo el teléfono.

—Banco del Turia, ¿dígame? —respondo haciéndome la loca, como si no supiera que la llamada me la ha pasado el director.

—Hola, Claudia. —La aterciopelada voz de Santi resuena al otro lado.

Ahora no sé qué pensar. Me están llamando de Recursos Humanos porque Santi es el responsable de Relaciones Laborales, pero junto con este cargo también ostenta el de «follamigo». ¿Y si solo me está llamando para quedar esta noche y ha aprovechado para comentar algún asunto laboral con Leo?

Me aferro a esa idea con fuerza.

—Hola, Santi, ¿qué tal?

—Esto... bien —tartamudea.

Mierda, esos nervios no me gustan. Si algo caracteriza a Santi es que no le tiembla la voz cuando quiere algo de una mujer. Si quisiera pedirme una cita estaría mucho más seguro de sí mismo.

Permanezco en silencio y rezo todo lo que sé.

«Por favor, Señor, que no me trasladen, que no me trasladen», suplico en silencio mientras me invade la angustia. Creo que voy a vomitar.

—No voy a andarme con rodeos, Claudia. Ya sabes por qué te estoy llamando, ¿verdad?

No digo ni una palabra. No seré yo quien lo diga. Ni de coña.

—Siento ser yo quien tenga que decírtelo. —Al menos parece sincero.

«Venga, suéltalo ya».

—Te trasladan.

Ya está, ya lo ha dicho. Las palabras se quedan ahí, flotando en el aire. Las lágrimas amenazan con asomar a mis ojos pero las contengo. Las contengo porque acabo de percatarme de que todas las miradas están puestas en mí. Todos y cada uno de mis compañeros han dejado lo que fuera que estuviesen haciendo y me miran. Me miran porque saben de qué va esta llamada.

Cojo aire antes de hacer la pregunta que me corroe por dentro.

—¿Adónde? —Mi voz es apenas un susurro.

Silencio.

—¿Santi?

Más silencio.

—Santi... —murmuro impaciente mientras me muerdo el labio—. ¿Adónde me trasladan?

—A Navarra —carraspea—, a un pueblecito en un valle de Navarra.

Temblorosa, me paso la mano por mi larga melena castaño oscuro. Empiezo a ponerme nerviosa de verdad.

El asunto de la peluquería no es más que uno de los muchos —muchísimos— cambios a los que me voy a enfrentar.

—Tienes que pasarte el lunes por la central a firmar el papeleo. Vente a las diez.

Joder, ¿puede ser más directo? Trago saliva y trato de asimilar todo lo que me está diciendo. Hago un esfuerzo por preguntarle la segunda cosa que más me preocupa después del dónde. El cuándo.

—Dentro de quince días.

Ahogo un gritito y en ese momento soy consciente de que todos saben lo que pasa. A excepción de Susi, a la que le comunicaron el traslado hace una semana, todos respiran aliviados porque saben que se van a librar. Se quedan en Valencia. Y, aunque todos sientan cierta pena, en el fondo están que no caben en sí de alegría.

El gordo me ha tocado a mí.

Arturo

—¡Joder! —Dejo caer las facturas sobre la mesa y me desplomo de golpe sobre la silla. Las cuentas no salen ni a tiros. Está visto que la ganadería ya no es lo que era. Ni con las subvenciones que recibo de la Unión Europa me salen las cuentas... Entre la competencia de precios, lo que cuestan los piensos... pues que no me cuadran los números.

Me levanto y me acerco a la ventana. Frente a mí se extiende un verde prado en el que campan a sus anchas varias de mis reses, una regata que lo cruza y un bosque de hayedos que se extiende a lo lejos. De pronto, vislumbro varias manchas negras esparcidas sobre la hierba. ¿Qué cojones es eso? Agudizo la mirada y me doy cuenta de que no se trata de manchas, sino de agujeros.

—¡Mierda, mierda! —grito para mí al tiempo que me dirijo a grandes zancadas hasta el trastero para sacar la escopeta—. Los malditos topos están destrozando el prado. Ya me tienen harto.

Me pongo el Barbour antes de salir, fuera hace un frío de mil demonios y voy en mangas de camisa. Abro la puerta, compruebo que el arma está cargada y me preparo para disparar.

«Se van a enterar estos bichos».

Unos cuantos topos muertos más tarde me meto en la ducha y suspiro al sentir el agua caliente sobre mi piel. Ha sido un día duro. Las cuentas no me cuadran y estoy agotado de tratar de encontrar una salida. Lo que menos me apetece ahora es cocinar, así que, pese a que tengo entumecido cada músculo de mi cuerpo por la larga jornada, me visto de nuevo y me dirijo a cenar a la posada del pueblo. Un buen chuletón y un vaso de sidra me reviven seguro.

Elena, la dueña de la posada, me acomoda en una mesa

junto a otros habitantes de mi pequeño pueblo. Apenas si somos cincuenta personas en invierno y, además, la mayoría de mis vecinos son de mediana edad. Vamos, que este lugar no destaca por su vida social. Aun así, me gusta. Nací y me crie aquí, así que siento que, en el fondo, este es mi sitio. Viví un tiempo en la capital, pero llegué a la conclusión de que no era para mí.

Mi pueblo se encuentra en el valle de Basaburúa, está rodeado de bosques de robles y hayas, y se compone de cuatro calles en las que los entretenimientos que tenemos se limitan a la casa de la cultura, el frontón y la posada en la que me encuentro ahora mismo. Lo que pasa es que, aunque la pelota vasca me gusta, a mí me van más otro tipo de aficiones. Como buen hombretón del norte que soy, me gusta la escalada y, como la costa del País Vasco está muy cerca, también soy aficionado al surf.

Engullo en un santiamén y en silencio el plato que tengo frente a mí, hoy tengo demasiadas cosas en la cabeza como para ponerme de cháchara con nadie. Solo pienso en llenar el estómago y volver a casa para dormir como un tronco. Lo necesito. Ayer de madrugada nació un ternerito y apenas he descansado en todo el día. Estoy reventado.

—¡Elena! —El que habla es Juan Ignacio, el director de la oficina bancaria del pueblo y que está sentado en una mesa contigua a la mía—. ¿Tú no sabrás por casualidad de alguien que alquile un piso o una habitación en el pueblo?

La posadera se acerca a él y entorna los ojos.

—¿Te ha vuelto a echar de casa Miren? —pregunta suspicaz.

Indignado, el director levanta la cabeza y se yergue orgulloso.

—Pero qué bobadas dices... Miren no me ha echado de casa en la vida.

Elena se gira hacia mí y me guiña un ojo. Yo no puedo evitar soltar una carcajada. De todos es sabido en el pueblo que a Juan Ignacio le gusta irse de picos pardos sin su mujer y hemos perdido la cuenta de las veces que le ha hecho dormir a la intemperie a pesar de los años que ya calza en sus botas el director. La última vez lo encontré durmiendo entre mis vacas.

—Juan Ignacio, ¿quieres que te acoja en casa esta noche?

Prefiero invitarlo a dormir antes que encontrármelo entre mis pobres animalitos. Se ponen nerviosas. Por lo visto tienen tan mala opinión de él como su mujer. No es un mal tipo, pero como su mujer lo lleva más tieso que un palo, a la que puede desaparece y se va de sidrerías. Es un elemento. Con lo serio que parece en la oficina y ¡luego es un juerguista!

Me mira irritado.

—Desde luego... ¡menudo concepto tenéis de mí! —gruñe—. Pero dejémoslo, no tengo tiempo para discutir con vosotros. Lo pregunto porque dentro de quince días trasladan a una chica nueva a la oficina. Es de Valencia y no tiene donde alojarse. Tengo que buscarle un sitio, al menos para los primeros días.

—Pues la casa rural está a tope. No creo que tengan ni un cuarto libre —comenta Elena.

—Ya lo sé —replica Juan Ignacio—. He llamado esta mañana, a esa y a todas las de los alrededores. Llenas. Todas y cada una de ellas.

—Es que estamos en época de sidrerías —apunto—, aunque eso ya debes saberlo, Juancho... —No puedo evitar soltarle esta pullita. Cabrearlo es demasiado fácil.

La mitad de los comensales de la sala empiezan a reír al escuchar el comentario.

—Muy bien, graciosillo, veo que no tienes ganas de ayudar. Ya me las arreglaré yo solo para encontrarle un piso, una casa o lo que sea.

Es en ese instante cuando me doy cuenta de que Juan Ignacio tiene la respuesta a mis problemas económicos. El caserío en el que vivo —y que heredé de mis padres— está dividido en dos casas. Ellos lo reformaron en su día con la esperanza de que así yo me quedase a vivir allí. Por desgracia, hace ya unos años que no siguen entre nosotros y una casa lleva vacía desde entonces. Alquilarla supondría un gran alivio para mis problemas económicos.

—Juancho, deja de preocuparte. Creo que acabo de dar con la solución.

El hombre enarca una ceja y me mira sorprendido antes de preguntar:

—¿Y se puede saber cuál es?

—Puede quedarse en el caserío, no me vendría mal alquilar el piso de arriba.

—¿Contigo? —Elena no puede evitar sorprenderse ante mi afirmación. Me conoce bien y sabe que me gusta estar solo, lo cual es cierto. Lo que menos me apetece es meter a una extraña en casa. Menos todavía a una que trabaja en un banco. Los detesto. Pero las cuentas no salen y ese ingreso extra me vendrá de perlas, así que no queda otra que sacrificarse.

Asiento decidido.

—¡Pues no se hable más!

Juan Ignacio nos invita a una rondita de txacolí para celebrar la noticia. Un quebradero de cabeza menos para él y otro más para mí.

Lo cierto es que aunque sé que ese dinero me va a librar de vérmelas con los bancos ahora me va a tocar tener a la banca en casa. Espero que no sea peor el remedio que la enfermedad, porque la banca siempre gana.

Capítulo 2

Claudia

¡Dios! Hay que ver qué rápido pasan quince días... Casi no he tenido ni tiempo de asimilar la noticia. Aquí estoy, metida en el coche camino de Navarra. Me esperan cinco largas horas de conducción por delante hasta llegar.

Conforme avanzo, veo como los grados van bajando en el termómetro de mi Golf. No sé si voy a sobrevivir al frío... He visto en las noticias que en los próximos días nevaría y, sí, lo cierto es que la nieve queda muy bonita en las fotos y en las películas, pero en la realidad no nos llevamos nada bien. A mí lo que me van son las temperaturas cálidas; a poder ser de más de treinta grados. Lo sé, más que cálidas son asfixiantes, pero ¿qué se puede esperar de una valenciana como yo?

Las dos últimas semanas han sido una absoluta locura. Gracias a Dios que mi nuevo director se ha ocupado de buscarme alojamiento en el pueblo en el que voy a trabajar, porque yo he ido de cabeza.

Le he alquilado el loft en el que vivo a mi hermana.

Así no he tenido que vaciar mis trastos, me saco un dinerillo extra y ella ha podido independizarse al fin (porque, como buena hermana que soy, el precio es, en realidad, simbólico). Creo que es la que más se ha alegrado con lo de mi traslado.

En fin, al menos ha sido bueno para alguien.

Estos días me los he cogido libres para poder tener tiempo de organizarlo todo y lo cierto es que he aprovechado hasta el último minuto. He ido de tiendas con las amigas, he comido con mis padres y mi hermana y hasta he salido a cenar con Santi. Bueno, a cenar y a lo que sigue...

Santi y yo nos conocimos hace ya unos cuantos años, cuando todavía estudiábamos en la universidad, a través de un amigo común. Santi iba un par de cursos por delante, pero, como tenía asignaturas pendientes, coincidíamos en algunas clases. Nos caímos bien al instante y durante un par de años salimos juntos, pero cuando llegó el momento de formalizar la relación ambos nos echamos atrás, no estábamos preparados.

Él no se sentía capaz de comprometerse y yo... Bueno, aunque Santi siempre me ha parecido muy atractivo, sabía que en el fondo no era para mí. Siempre he sentido que era demasiado mujeriego. Vamos, que no era hombre de una sola mujer. Lo curioso es que seguíamos llevándonos bien, mantuvimos la amistad a lo largo de los últimos años de carrera y cuando envíe el currículum para hacer prácticas en el Banco del Turia, como ya trabajaba allí, movió algunos hilos en el departamento de Recursos Humanos para que me hicieran una entrevista. Entré en la entidad por méritos propios, pero el empujoncito que me dio no me vino nada mal.

Al reencontrarnos en el banco, retomamos en cierto modo nuestra relación, pero sabiendo siempre que no era nada serio.

Por desgracia, aunque sé que lo hubiera hecho de haber podido, no ha conseguido hacer nada para evitarme el traslado. Él ahí ni pincha ni corta. Esto venía de más arriba y me ha tocado comérmelo con patatas. Era eso o el paro y, oye, que aunque una tenga una carrera, un máster y hable dos idiomas, la cosa no está fácil. No, no, ahora no encuentras trabajo ni a la de tres. Así que aquí estoy, más concentrada en ver cómo siguen bajando los grados en el termómetro que en la carretera.

Suspiro y fijo la mirada en el asfalto que se extiende ante mí. Me temo que este va a ser el último que voy a ver en mucho tiempo.

Debo estar cerca ya. Acabo de coger la salida de Latasa-Urritza 117 y lo que tengo antes mis ojos es una pequeña carreterita rodeada de prados, bosques de hayedos y algún pequeño pueblito o algún caserío suelto. Nada de fincas de pisos ni nada que recuerde a una ciudad. Campo puro y duro.

Y eso no es lo peor, no. El termómetro está ya en el grado. Espero no verlo bajo cero porque moriré. Soy una friolera de cuidado. ¡Dios, espero que haya calefacción en la casa!

La casa... Ahora tengo que encontrarla. Según la dirección que me dio el que va a ser mi casero, se encuentra entre el pueblo en el que voy a trabajar y el pueblo de Arrarats. Por lo que me indica el TomTom, no debe quedar mucho. Menos mal, estoy agotada de tanta conducción.

Unos cuantos minutos más tarde me encuentro frente

a un enorme caserío. Lo cierto es que es precioso y está muy bien conservado: con sus paredes de piedra gris, su portón de madera, sus ventanas adornadas con flores... Y además resulta la mar de original porque veo que la planta superior está conectada con la ladera que tiene a su derecha por un pequeño puente. Frente a la casa hay una enorme nave que parece estar dedicada a la ganadería. Todo el conjunto está enmarcado, cómo no, por los verdes prados, los hayedos y un pequeño riachuelo.

Sí, es de lo más bucólico. No puedo negar que la estampa es bonita. De postal. Aunque yo no viviría aquí ni muerta. Un fin de semana de casa rural, puede. Pero aun así me parece demasiado tiempo para estar fuera de la civilización. Para mi desgracia, no sé cuánto tiempo voy a tener que permanecer aquí. ¡Ay, cómo voy a echar de menos mi loft de obra nueva y las tiendas del centro!

Aparco el coche en una pequeña explanada de asfalto que hay junto a la granja, saco mis trastos del maletero y me pongo el anorak. ¡Joder, sí que hace frío! Menos mal que he sido precavida y me he traído ropa de mucho abrigo, porque el tiempo no se parece en nada al de Valencia. Que sí, que sí... que aquí el frío es seco y no es como en la costa, que por culpa de la humedad aunque te abrigues mucho sigues sin entrar en calor, pero es que en la costa no recuerdo yo haber visto los termómetros marcar esta temperatura. Ni en pleno invierno como estamos ahora.

En fin, lo mejor será darse prisa. Cuanto antes entre en casa antes dejaré de helarme.

Llamo al timbre y espero a que me abran mientras rezo para que, al menos, el casero sea agradable y no sea de esos que se mete en tu vida y se queja de cualquier cosa que haces en el piso.

Escucho una voz que gruñe y, de pronto, la puerta se abre dejándome boquiabierta por lo que tengo frente a mí.

¡Mi casero está buenísimo!

Sí, la camisa a cuadros que lleva y los vaqueros viejos le dan un toque rural, pero hay que reconocer que está de muy buen ver. Tiene una espesa mata de pelo rubio oscuro y unos ojos azules que me observan sorprendidos.

—Ho... hola —tartamudeo. ¿Se puede saber por qué me pongo nerviosa? Si no debe ser más que un ganadero—. Soy Claudia —murmuro al tiempo que le tiendo la mano sin poder apartar la mirada de sus ojos.

Lleva una barba de dos días y, aunque odio a los tíos que no se afeitan a diario, no se puede negar que le favorece. Por no hablar de la sonrisa Profident que completa el conjunto.

¿En serio que este es mi casero? He muerto y estoy en el cielo.

Arturo

Me retuerzo nervioso y recorro el caserío de arriba abajo una y otra vez. ¿Por qué me tuve que meter en la conversación de Juan Ignacio y mucho menos ofrecer una de mis casas para alojar a la nueva subdirectora de la oficina del pueblo? Si a mí lo que me gusta es vivir solo...

Que vale, que no va a vivir dentro de mi casa, pero vamos a estar puerta con puerta.

El caserío de mis padres es tan grande que, en su día, lo convirtieron en dos casas para que yo pudiera tener mi independencia, pero a la vez vivir con ellos. Es una casona inmensa de tres pisos: la planta baja, donde antiguamente estaban las cochiqueras y el establo, y la primera, se transformaron en una única vivienda. Ahí fue donde yo me crie y crecí.

La segunda planta, algo más pequeña que las otras dos, fue la que mis padres adecentaron para mí. Tiene dos entradas, una por un pequeño puente en el lateral que da a uno de los prados y la otra por el interior, desde las escaleras de la antigua casa de mis padres.

Lo cierto es que nunca he llegado a vivir en ella Regresé a Navarra cuando ellos fallecieron y preferí instalarme en la que siempre he considerado mi hogar. Hasta hoy, la vivienda de la segunda planta ha permanecido vacía. Y pensé que siempre seguiría así, pero los créditos de la granja me están ahogando.

Sí, por eso me metí en la conversación de Juancho. Porque vi la salida a todos mis males. Pero ahora, mientras espero impaciente a que llegue la nueva habitante de mi morada, no sé si el pago en metálico va a compensar las molestias de tener una inquilina.

¡Una inquilina!

Porque, claro, para más inri, no podía venir de subdirector un tío... No. Una mujercita de ciudad, que seguro que será una pija de cuidado que odia el campo y cualquier cosa que no sea fundir su Visa en las tiendas de la ciudad.

Doy un mamporrazo sobre la mesa de madera maciza del comedor y me maldigo a mí mismo por haberme metido en este berenjenal. Ahora ya no hay marcha atrás. Miro la hora y compruebo que la chica debe estar al caer. Quién cojones me mandaría a mí abrir la bocaza...

Al cabo de un rato llaman al timbre y, como no queda otra, abro la puerta para encontrarme con que... ¡joder! ¿Esta es mi inquilina?

Vale, es una pija, tal y como yo esperaba. No hay más que verle el bolso de marca, las botas de tacón y la ropa que lleva en general. Es una presumida con todas las de la ley, pero ¡ahí va la hostia! ¡Menudo pibón!

No puedo evitar mirarla de arriba abajo. Tiene el pelo castaño oscuro y la frente oculta por un flequillo que enmarca su angelical rostro. Sus rasgos son dulces, como los de una niña, pero su boca... ¡ay, su boca!

Fijo la mirada en sus labios, carnosos y que lleva pintados de un provocativo rojo. Vale, me estoy pasando. Le estoy dando un repaso de los buenos, pero es que hacía mucho que no veía a una tía como esta. Vamos, desde que volví al pueblo.

Me obligo a reaccionar y acepto la mano que ella me ofrece. Correspondo a su gesto. Menos mal que no me ha dado dos besos como es habitual, solo de pensar en sentir su cuerpo tan cerca del mío me han empezado a entrar sudores. Me asombra lo suave que tiene la piel, pero, claro, me juego el cuello a que es de las que se gasta un dineral en potingues. No hay más que ver lo maquillada que va. ¿Adónde coño pensaba que venía?

—Encantado. Soy Arturo. Pasa, te enseñaré la casa —le digo mientras le miro disimuladamente las tetas.

Ahora me reafirmo, ¡qué buena está! Bah, pero ¿qué chorradas estoy pensando? Vale que está maciza, ¿y qué?

Seguro que no es más que una señoritinga estirada. Desde luego, tiene toda la pinta. Bueno, lo mejor será que la ayude con esa barbaridad de maletas que ha traído. Está visto que lo de las mujeres y la ropa no tiene límite... Esta ha debido arrasar algún centro comercial para poder llenar el equipaje.

Mientras cargo las pesadas maletas y las meto en el interior de la casa refunfuño por lo bajo. Joder, es que todas son iguales. «Sí, pero qué buena está», pienso una vez más incapaz de apartar la mirada de cierta zona y, cuando se da la vuelta, dirigiéndola a otra igual de apetecible.

¡Qué culo!

¡Mierda! Menuda pillada me ha metido mirándole el culo. Pero, joder, ¡es que tiene un culazo! Por no hablar del resto... «Me está sonriendo, ¿está ligando conmigo?» No me da tiempo a averiguarlo porque su expresión ha cambiado a la velocidad de la luz y su semblante es ahora serio. Espero que no quiera nada, porque por muy guapa que sea eso es del todo imposible. ¿Yo con una pija de ciudad? Ni soñarlo. Con una ya tuve bastante.

Antes soltero de por vida que con un espécimen de su clase. He dicho.

Capítulo 3

Claudia

No puedo evitar admirar el interior de la casona. Pese a que todos los muebles de la casa son de un estilo absolutamente opuesto al mío, no puedo negar que el conjunto tiene cierto encanto. Mullidos sofás, cálidas y coloridas alfombras y muebles de madera que parecen de otro siglo. O que igual lo son. Todo muy hogareño y con un toque rústico. A mi mente vienen mis muebles blancos y modernos, de líneas rectas y detalles metálicos. Aquí todo parece abarrotado... cuadros, fotografías y láminas llenan las paredes de piedra. Uf, me estoy agobiando con tanto trasto.

Me giro disimuladamente hacia el dueño de la propiedad pensando que, aunque no es un dechado de modernidad no parece que este sea tampoco su estilo. Pero qué digo, este tío es un ganadero... probablemente no tiene ni estilo, a buen seguro esto lo ha decorado su madre, ¡o su abuela!

De repente, al girarme me doy cuenta de algo que me hace sentir incómoda. ¡Me está mirando el culo!

Se percata al instante porque aparta la mirada, disimula y se centra en colocar las maletas junto a la puerta. Se mete la mano en el bolsillo y saca unas llaves que me tiende con la cabeza agachada.

—Ten, estas son tus llaves.

Las cojo sin apenas tocarlo. ¡Pero bueno, qué se ha creído este tío! Estoy un poco indignada de pensar que me ha estado comiendo con los ojos... aunque por otro lado... casi me siento halagada. Hacía tiempo que nadie me miraba así. Claro que, pensándolo bien, no creo que haya muchas chicas de mi edad en este pueblo. Seguro que la más joven está ya rozando los cincuenta, así que es comprensible que al verme se hayan desatado sus más bajos instintos.

Porque oye, yo no estoy nada mal.

De repente, no sé qué cable se me cruza y le sonrío coqueta. No puedo evitarlo. Ya no me acordaba de lo que era ligar. Vale, no creo que yo haya ligado mucho más que este tipo en los últimos tiempos. Santi es mi único desahogo y lo cierto es que con él no hay mucha emoción porque los dos sabemos muy bien lo que hay.

Veo que me observa sorprendido por mi reacción y un poco descolocado. Igual me he pasado. Creo que lo he violentado. Pero oye, que el que me estaba mirando el culo con un descaro que para qué era él. Yo solo le he sonreído y le he puesto ojitos.

Tampoco es para tanto, ¿no?

Me paso la mano por el pelo y cambio de golpe la expresión, tratando de ponerme seria porque en el fondo la situación me parece de lo más divertida... Lo que pasa es que en realidad, si lo pienso bien, no lo es tanto porque este tipo es mi casero y voy a verlo todos los días. ¡Menuda vergüenza voy a pasar! ¡Solo faltaría que creyese que quiero algo con él! Ni loca.

Yo, ¿con un ganadero? Eso es algo que nunca se me pasaría por la cabeza.

Ni loca.

Es mi primera noche en el caserío y me siento como un león enjaulado. Recluida. Enclaustrada. No es que no tenga ningún sitio al que ir —hay kilómetros y kilómetros de prados y bosques por los que podría caminar—, pero para mí eso es igual a la nada. Vamos, que esta casa es el único sitio en el que me siento más o menos a gusto.

Pese a no ser de mi estilo está lo suficientemente equipada como para que esté cómoda y ¡a Dios gracias! el dueño no está tan anticuado y tiene Internet. Wifi, para ser más exactos. Pensándolo bien, yo contacté con él por email, así que no debería sorprenderme tanto.

Lo que sí me sorprende es lo guapo que es. No puedo evitar que algo se remueva en mi interior cuando recreo mentalmente sus rasgos y lo recuerdo observándome con esa expresión en sus ojos... Esos ojos azules...

Uf, mejor no pienso en eso o no podré quedarme dormida, y mañana es mi primer día en la nueva oficina.

Decido que una ducha calentita me ayudará a conciliar el sueño. Entro en el baño y dejo correr el grifo del agua caliente mientras me desnudo. Me entra un escalofrío. La calefacción está puesta, pero aun así tengo frío. No debe estar puesta a más de veintiún grados, como recomienda el gobierno, pero para mí, una casa no está caldeada si no puedo ir en mangas de camisa. Salgo del baño y subo el termostato a la temperatura que considero adecuada, o sea, mucho más elevada. Luego, regreso al interior, me meto en la ducha, dejo que las ardientes gotas desentumezcan mis músculos, me relajo y me olvido de todo.

Veinte minutos más tarde escucho que alguien aporrea la puerta y da voces sin cesar. ¿Qué demonios pasa?

Salgo corriendo de la ducha, me enrollo una toalla y, descalza y con el cabello chorreando, me dirijo a la entrada.

Arturo

Estoy empezando a mosquearme. Llevo ya cinco minutos llamando a la puerta y dando gritos y nada. Que esta mujer ni se inmuta. Y encima sigo escuchando el sonido del agua. ¿Se cree que la regalan? Lleva más de quince minutos ahí dentro. ¡Cuando abra me va a oír! Vamos que si me va a oír...

De súbito, se abre la puerta y me quedo en blanco ante la imagen que tengo ante mí.

—¿Sucede algo? —pregunta con expresión de angustia, como temiendo que pasara algo grave.

¡Vaya! Casi no puedo ni creer cómo he conseguido fijarme en su expresión, porque mis ojos no pueden dejar de mirar cada parte de su cuerpo. Por no mencionar el hecho de que por un momento no logro recordar para qué he subido a su casa.

Solo puedo pensar en esas largas piernas que tengo ante mí, en los atributos que asoman bajo la minúscula toalla y en ese cabello negro y mojado que gotea lentamente sobre el suelo.

¡El suelo!

Alrededor de sus descalzos pies hay un charco que aumenta con cada gota que le cae del pelo.

—¡Eh! ¿Es que no se te ha ocurrido secarte primero? ¡Vas a estropear el suelo de madera! ¡¡Es madera de roble!!

Me mira con ojos rabiosos y, para ser sinceros, no entiendo el porqué. Yo no he hecho nada. Es ella la que se va a cargar mi preciosa tarima.

—¿Secarme? Quizás se me hubiera ocurrido vestirme —exclama irónica— si no hubiera habido un zumbado aporreando la puerta y gritando sin parar. ¡Creía que había pasado una desgracia! He salido de la ducha corriendo.

La observo con la boca abierta y no soy capaz de responderle. Me cuesta pensar cuando el miembro que rige mi cuerpo ahora no es mi cerebro. ¡Joder! Si se hubiera dignado a aparecer con algo de ropa podría decirle lo que he venido a decirle. Así es misión imposible. ¡Que soy un tío!

Fijo la mirada en sus ojos y trato de prestar atención a lo que me dice.

—¡Podría haber resbalado y haberme desnucado! —continúa—. Y a ti lo único que te preocupa es tu suelo de madera... No, y luego encima pensarás que la pija soy yo —murmura más para sí que para mí.

¿De qué va? Apenas lleva unas horas bajo el mismo techo que yo y ya me está trastocando la vida, ni en broma pienso dejar que me haga sentir mal. Yo no soy ningún señorito; por eso mismo hay que cuidar las cosas. Seguro que ella no le da importancia a estropear nada porque todo lo repone con rapidez gracias a la Visa... o a la Mastercard.

En fin, Arturo, céntrate.

—Pues lo que pasa... —seguro que lo que voy a decir a continuación va a cabrearla todavía más—, es que...

Me detengo a mitad de la frase al sentir un calor asfixiante. La casa parece una sauna. Solo le falta el vapor para serlo, ¿a cuántos grados estamos aquí dentro?

—¿Has tocado la calefacción? —pregunto olvidando de nuevo el motivo de mi visita.

Me mira altiva y replica:

—Si te refieres a que si he subido la temperatura, sí, lo he hecho. Aquí hacía un frío de muerte e iba a meterme en la ducha. ¿Supone eso algún problema también?

—¿Que si supone algún problema? ¡Pues claro! Soy yo el que paga la calefacción, ¡por no hablar del agua! Lo llevas incluido en el alquiler, así que no pienses ni por un momento que voy a permitir semejante despilfarro.

—Mira, esta es ahora mi casa. Como tú has dicho, te pago un alquiler por ella y en el contrato no pone nada de no poner la calefacción ni de estar más de cinco minutos en la ducha. ¡No haber incluido los gastos de luz, agua y gas en el precio! Es tu problema.

—¡Claro que no pone nada! —bramo furioso—. No creí que fuera necesario, cualquier persona con dos dedos de frente actuaría como yo digo. ¿O es que quieres cargarte el medio ambiente? Lo lógico es ahorrar agua, energía... ¿En qué pensabas?

Noto en su cara que piensa que tengo algo de razón,

pero también que no está dispuesta a ceder. Es de las que no dan su brazo a torcer. Puede que no sea para tanto, pero me ha puesto de una mala hostia...

—¿Has subido a mi casa hecho una furia porque estaba malgastando agua?

La miro cabreado cuando enfatiza el pronombre posesivo.

—Sí. He subido a mi casa, la que yo te he alquilado, porque estás derrochando el agua y no voy a permitirlo. Así de simple.

—No pienso dejar que me digas cuánta agua he de gastar o a qué temperatura he de poner la calefacción. ¡Si esto parecía un congelador!

No le contesto y, al cabo de un par de minutos, ella parece razonar.

Me mira con una carita angelical que, estoy seguro, utiliza para convencer a los clientes de que hagan un plazo fijo o un seguro, y dice con dulzura:

—No te preocupes, pásame a final de mes las facturas. Yo cubriré lo que se exceda y, si eso es todo —murmura mientras me toma del brazo y me acompaña a la puerta—, te ruego me disculpes, pero he de ir a secarme. ¡No querrás que estropee el suelo!

Me cierra la puerta en las narices y me quedo parado, al otro lado, con una sensación de derrota en el cuerpo.

Chica de asfalto 1 – Hombretón del norte 0.

Menuda nochecita he pasado. No he pegado ojo y todo por culpa de mi nueva «vecina». Bajé a casa con los nervios a flor de piel después de la discusión y... por esto...

otras cosas. Lo irónico de la situación es que después de haber subido a echarle la bronca por pasarse con la ducha, yo mismo tuve que pasarme casi quince minutos bajo el agua para recuperarme. Eso sí, bajo el chorro de agua helada. No podía quitarme de la cabeza sus largas piernas, con esos muslos firmes y torneados. ¿Por qué las tías buenas tienen que ser siempre las más insoportables?

En fin, por si eso no bastara ¡ha vuelto a ducharse esta mañana! Pero bueno, ¿es que no le valía con la ducha de anoche? ¿Cuántas veces necesita hacerlo? Por no hablar de los taconeos que me han martilleado la cabeza mientras desayunaba.

Me parece que esta chica no sabe adónde ha venido.

Capítulo 4

Claudia

Estoy nerviosa y no sé por qué. Soy una subdirectora. Tengo años de experiencia. Entonces, ¿por qué me siento como si fuera a empezar el curso en un cole nuevo? Supongo que es normal. En el fondo, así es: oficina nueva, compañeros nuevos y clientes nuevos.

Yo puedo con todo. Seguro que no será tan malo como imagino.

Media hora después ya no soy tan optimista. Mi coche casi muere del esfuerzo que ha tenido que hacer para subir la cuesta y llegar al pueblecito en el que está la oficina y, cuando por fin he conseguido aparcarlo en una zona que me parecía poco empinada, me ha tocado subir lo que quedaba de cuesta con mis tacones. Entre adoquines. Aquí me hubiera venido bien un poquito de asfalto para no torcerme el pie a cada paso que doy. He tenido suerte de no hacerme un esguince.

Espero frente a la puerta del que será, al menos de momento, mi nuevo lugar de trabajo. Miro el reloj, son las ocho menos cinco y no ha aparecido nadie. ¡Qué impuntualidad! Luego se nos va a echar el tiempo encima para prepararlo todo cuando vengan los clientes. Y encima el frío que hace en la calle... ¡Si lo llego a saber me quedo en el coche! Menos mal que no nieva.

A las ocho y cinco no puedo creer que todavía no haya venido nadie por aquí. Pero bueno, ¿es que todos mis compañeros son impuntuales? Me revuelvo nerviosa y trato de cotillear la oficina a través del cristal, pero el interior está muy oscuro y por mucho que miro no veo nada. Eso sí, me parece algo pequeña. No sé de cuántos empleados es esta oficina, pero desde luego no da la sensación ni de que quepamos tres. Estoy con la cara pegada al cristal, en un último intento de ver algo, cuando alguien me da unos toquecitos en el hombro.

Me giro para encontrarme a un señor de pelo blanco y aspecto bonachón que me sonríe.

—Buenos días —exclama mientras trata de ocultar un bostezo—. Disculpa el retraso.

Se acerca a abrir la puerta y lo sigo al interior del banco mientras él desactiva la alarma. Me quedo con la boca abierta cuando enciende la luz y por fin veo lo que la oscuridad había estado ocultando. ¡Dios! Es la oficina de banco más diminuta que he visto en mi vida. Nada más entrar hay un cajero automático junto a la entrada y luego está la zona de caja. No hay más. Veo dos puertas a la derecha y deduzco que una debe ser la del despacho del director y la otra la del archivo, baño, etc.

Vale. Y, ¿dónde está mi mesa?

Lo miro confundida sin atreverme a preguntar. El buen hombre debe adivinar lo que pasa por mi mente porque pone cara de circunstancias y carraspea suavemente. Se planta a mi lado y se lo piensa un poco antes de abrir la boca para decir:

—Esto es todo lo que hay.

—¿Perdona?

—Sí, que la oficina es lo que ves. La mesa de caja y, como supongo que habrás deducido, detrás de esa puerta está mi despacho y detrás de esa otra el archivo.

—Pero eso no puede ser. Yo soy subdirectora, ¿dónde voy a sentarme?

—Me temo que en caja.

—¿Qué?

Esto tiene que ser una broma.

Asiente con la cabeza y balancea su peso de un pie al otro, tratando de dar con la mejor manera de decirme lo que sé que va a decirme.

—Esta es una oficina de dos. Tú y yo. Director y... bueno, en tu caso subdirectora. Aunque me temo que, en la práctica, vas a ser la cajera.

Me llevo la mano a la frente. De repente me están entrando sudores y fríos y creo que voy a desmayarme.

—Mujer —murmura el director con amabilidad—, no es tan malo. Aquí las jornadas son muy tranquilas, ya verás como estarás bien.

Prefiero no responder a esa afirmación.

—Anda —continúa mientras se mete en su despacho—, ve preparándolo todo para abrir la caja y luego saldremos a almorzar y te pondré al día.

Asiento y, resignada, me dirijo a mi nuevo puesto.

Enciendo el ordenador y pongo mis claves para acceder a mi sesión. Mientras se abre, preparo el cajero automático. Luego voy a la caja fuerte y saco el dinero para colocarlo en el dispensador. Cuando compruebo que todo está en orden, y como ya no me queda nada por hacer, abro el correo.

Y ahí está, en mi bandeja de entrada: un correo de Santi. No puedo evitar emocionarme. Va a ser mi única alegría del día. Pondría la mano en el fuego.

Estoy a punto de leerlo cuando se abre la puerta de la oficina de golpe y se me borra la sonrisa de la cara.

Mi querido casero.

Está visto que las alegrías tendrán que esperar. Como es un cliente debo ser correcta y educada, así que me muerdo la lengua. Todavía estoy mosqueada por la escenita que me montó ayer, pero será mejor hablarlo fuera de aquí.

Aquí soy Claudia, la subdirectora. O Claudia, la cajera (al menos en la práctica), pero no Claudia, la inquilina.

—Buenos días, caballero. ¿Qué desea? —pregunto con tono amable.

—¡Anda, pues! —exclama irónico—. ¿Ahora me hablas de usted? Anoche no te andabas con tanto miramiento —bufa.

Respiro hondo y aprieto los labios para no soltarle la sarta de insultos que amenaza con salir de mi boca.

—Vengo a ingresar un cheque —murmura sin siquiera mirarme a los ojos.

Bueno, me centro en hacer lo que me pide y procuro ignorarlo como él hace, pero se me van los ojos y no puedo evitar darle un buen repaso. Me odio a mí misma por hacerlo. ¿Cómo puede resultarme atractivo así vestido? Lleva unas botas verdes de goma por encima de un pantalón vaquero desgastado y una sudadera que debe tener más años que él. Sin embargo, su sonrisa cuando se gira hacia mi director para saludarlo eclipsa el conjunto y hace difícil que pueda apartar la mirada de su cara. Por el trato que le da deben ser viejos conocidos.

—¿Qué tal, Juancho? ¿Cómo va la mañana?

—Estoy agotado... Anoche se me hizo tarde en la posada. ¿Y tú, qué haces tan temprano por aquí?

—¿Yo? Llevo horas despierto. Le he vendido otro ternerito al carnicero de Lekunberri y venía a ingresar el dinero.

Se vuelve hacia mí:

—¿Ya está?

Asiento con la cabeza.

—Gracias. Ya que estamos —añade—, dame treinta euros en efectivo. Odio los cajeros automáticos.

Se los doy y lo observo con disimulo, esperando que se marche. Quiero ver qué me cuenta Santi.

Ya está casi en la puerta cuando se para, gira sobre sí mismo y vuelve a dirigirse a mí:

—Por cierto, si sales tarde del banco y no te apetece cocinar te recomiendo que vayas a la posada. Elena es una excelente cocinera y los precios son económicos.

—Te agradezco la recomendación.

Lo sigo con la mirada mientras sale de la oficina y abro el email de Santi. Lo leo por encima porque veo que otro cliente entra al banco y me quedo con la última frase: «¿Te apetece que vaya a visitarte?».

No lo pienso dos veces y respondo sin dudarlo.

Arturo

—¿Qué tal eso de vivir acompañado? —pregunta Elena. ¡Dios, qué cotilla es, no puede evitarlo!

—Sigo viviendo solo.
—Ya sabes a qué me refiero. ¿Qué tal es la chica?
—¿Cómo crees? Es la típica niña pija: vestida de marca de arriba abajo, con su melena de peluquería y unos aires de grandeza que dan ganas de vomitar.

Elena me mira y pone una cara rara, pero no sé por qué, así que continúo.

—Es de las que se cree que el dinero cae del cielo y lo derrocha sin pensarlo.

La posadera sigue con su extraña expresión y parece nerviosa, pero no dice ni mu. Me llevo una cucharada de alubias a la boca y sigo con mi perorata. ¡Me estoy quedando más ancho que largo!

—Lo cierto es que es bastante guapa. Es lo único que puedo decir a su favor.
—Vaya, gracias.

La persona que me responde no es Elena, sino mi adorada inquilina que me observa desde la puerta. Ahora entiendo las miraditas de la posadera. Ya podía haber sido menos disimulada y haberme avisado, ¡joder! Yo no estoy hecho para sutilezas.

Claudia se acerca hacia mí muy seria y se sienta en la silla de enfrente, que está vacía.

—Un menú del día, por favor —pide.
—De primero tenemos alubias, macarrones, sopa de fideos o menestra.
—Menestra, por favor.
—Y de segundo tenemos pechuga empanada con patatas, filete de ternera, bacalao con huevo escalfado o merluza en salsa verde.
—Umm, tomaré la merluza.

—Veo que vas a cuidar la línea, ¿eh?

—No como tú. ¿Cuántas raciones de alubias has pedido? —exclama escandalizada al ver la fuente de alubias que tengo delante.

—Espera a ver tu plato de menestra —río—. Pero ¿es que no sabes cómo se come en el norte? Esto es una única ración de judías.

Esta pobre no va a llegar al postre y yo, por el contrario, estoy deseando comerme un buen *goxua*.

—¡Qué barbaridad! Eso no puede ser sano... —sentencia.

—¿Qué pasa? Que tú eres de esas que solo comen un platito de ensalada en todo el día y un café con leche desnatada, ¿no?

Yo ya conocí a una así y esta tiene toda la pinta de ser de las suyas. Bueno, no voy a caer dos veces en la misma trampa.

—Lo cierto es que no.

Su repuesta me sorprende, pero no termino de creerla.

—¿En serio?

—Sí, yo soy más bien de las que, o se contiene de vez en cuando, o no pasaría por la puerta.

—No me lo creo.

—Pues es así, no veas los atracones que me doy en verano a base de helados...

De pronto, la imagen de Claudia tumbada en la arena de la playa, tostándose al sol en bikini y comiéndose un cucurucho invade mi mente. Solo de pensar en esos carnosos labios lamiendo con avidez...

Aparto los pensamientos de mi cabeza de un plumazo

al darme cuenta de la reacción que van a provocar en mi cuerpo.

No es el momento ni el lugar.

La observo con detenimiento y no puedo evitar que se me escape una risita al ver su cara cuando le sacan la enorme fuente llena de verdura.

—Pero... ¿de verdad que esto es solo para mí? ¿No es para compartirlo con otra persona que haya pedido menestra? —pregunta incrédula.

—Ya te digo yo que no.

—¡Madre mía!

—Será mejor que vayas acostumbrándote porque, vayas donde vayas, por aquí estas son las raciones que te van a dar.

—Donde fueres haz lo que vieres, ¿no? —murmura mientras empieza a comerse la menestra.

Comemos en silencio hasta que llega el momento de pedir el postre y Elena se acerca a la mesa para decirnos lo que tienen hoy.

—¡Ahí va la hostia! —exclama Elena al acercarse a nosotros—. Pues no decías tú que era una señoritinga de ciudad, ¡si se ha comido los dos platos enteros!

Joder, aunque a mí también me sorprende que haya sido capaz de terminarse las dos raciones no hace falta ser tan bocazas. Si no había escuchado antes mis groserías ya se las acaba de dejar claras Elena. Es que no sabe tener la puñetera boca cerrada...

—Pues nada, hija. Ahora a rematar la faena con el postre —le dice sonriente.

—¿Qué tenéis? Estaba todo delicioso —replica muy educada y con una sonrisa encantadora. Como si no hubiera roto un plato en su vida. ¡Ja! Yo ya sé que no es ningún angelito. No hay más que ver el numerito que me montó anoche.

—Tenemos flan, natillas, cuajada, fruta y, si te atreves, *goxua*.

—¿Qué es el *goxua*?

—Es un postre típico de Navarra y el País Vasco. ¡Está muy rico! Yo te lo recomiendo.

Elena no sabe lo que hace. La pobre va a reventar. Vale que solo ha comido verdura y pescado, pero, ¡en cantidades industriales! Al menos para lo que seguro está acostumbrada a comer. Ahora cuando lo riegue con la mezcla de nata, bizcocho, crema pastelera y caramelo ya veremos si sigue siendo igual de valiente.

Lo cierto es que tiene su orgullo. Estoy convencido de que no se ha dejado ni una migaja por darme a mí en las narices. Se nota que es cabezota.

—Ponme otro a mí también, Elena. Me espera una tarde larga y necesito tener energía. ¿Tú también necesitas energía? ¿Mucho trabajo en el banco?

—En realidad no.

Hace una pequeña pausa en la que parece pensarse si comenzar una conversación amigable conmigo o no y, al fin, responde:

—La verdad es que los días aquí son demasiado tranquilos para mí. Soy una chica de ciudad. Me va la marcha. Estoy acostumbrada a mañanas ajetreadas en las que no puedo ni mirar el móvil, jornadas en las que enlazo clientes, llamadas y emails de trabajo. Largas colas, reuniones con el director y el resto de compañeros para enfocar la venta de productos y aquí... ¿cómo decirlo? ¡Estamos en medio de la nada!

—¿Ah, sí?
—Sí —replica convencida—. Creo que tú has sido uno de los que más trabajo me ha dado… A ver, déjame que lo piense —cuenta con los dedos de la mano—, cuatro, cuatro han sido las personas que han pasado esta mañana por la ofi. —No puedo evitar enarcar una ceja al escucharla llamar al banco con ese diminutivo pijo—. Tú, una señora de mediana edad que ha venido a sacar dinero, el cura a ingresar los donativos del domingo y la mujer del director que —prudente, baja el tono de voz— ha venido a reprenderlo porque parece ser que anoche llegó más tarde de la cuenta y con algún vinito de más.

—Típico de Juancho.

—¿Juancho?

—Juan Ignacio para ti, pero aquí todos lo llamamos Juancho. Es un buen hombre, pero su mujer tiene mucho carácter y él es un pelín cobarde, así que cuando sabe que le va a caer una buena se va de juerga por ahí. Lo que pasa es que al final le cae doble por haber salido.

Claudia abre los ojos con expresión de asombro y disgusto.

—No es mal tipo —le digo—. Solo trasnocha y se bebe unos vinitos. Quiere a Miren, pero ya no se acuerdan de cómo llevarse bien. Eso sí, él es un tipo fiel.

—¡Vaya por Dios!

Elena interrumpe nuestra conversación para servirnos los postres. Yo devoro el *goxua* en un santiamén mientras que a mi estirada compañera le cuesta un poquito más. Espero paciente a que diga que no puede más, que está llena, pero a pesar de que noto que está a punto de reventar ella sigue comiendo. Despacio. Cucharada a cucharada. Hasta que, por fin, deposita el cubierto sobre el cuenco vacío y reluciente.

—¡Voy a vomitar! —exclama mientras yo no puedo evitar soltar una carcajada.

—Mujer, ¿para qué te lo has comido todo?

—Yo no soy ninguna niñita pija con aires de grandeza.

¡Vaya, está claro que sí que me ha escuchado! Lo lamento de verdad. Es simpática, pero eso no hace que deje de ser una chica de ciudad que nos mira a todos los que somos de campo o pueblo por encima del hombro.

—¿Y creías que ibas a demostrar que no lo eras por engullir toda la comida? ¡Menuda bobada!

—Eres de lo más antipático que he conocido nunca. Aquí el único que va juzgando a la gente y criticándola eres tú —sisea ofendida.

De pronto, se levanta y se lleva una mano al estómago.

—Elena, ¿dónde está el baño?

—La primera a la derecha, hija, no tiene pérdida. ¿Te encuentras bien? —pregunta al ver el tono verdoso de su cara.

—Me temo que el *goxua* ha podido conmigo —exclama mientras se tapa la boca y sale corriendo hacia los lavabos.

¡Empate! Hombretón del norte 1 - Chica de asfalto 1.

Capítulo 5

Claudia

Ha pasado casi una semana desde que llegué a este pueblo perdido en medio de la nada. Una semana en la que mis jornadas laborales se me han hecho largas, tediosas y aburridas. Una semana en la que me han servido las raciones de comida más grandes que he visto en mi vida. Una semana en la que, si no fuera porque tengo conexión a Internet en el caserío, me olvidaría que formo parte del mundo.

La vida aquí es tranquila, demasiado. Al menos para mí, que trabajo en la oficina del banco. Los ganaderos y agricultores se levantan temprano y trabajan como bestias; Elena, la posadera, no para en todo el día para alimentarnos bien a todos los que pasamos por allí y, así, un largo etcétera. En cambio, para Juan Ignacio y para mí las jornadas no son iguales. Él parece estar encantado con la calma que se respira en el banco, pero, no me extraña, ¡porque llega con cada resaca a la oficina!

Por suerte, hoy es sábado y tengo un plan.

Voy a coger el coche y pasaré el día en Pamplona. Nada como un poquito de asfalto, tiendas y gentío para animarme.

Me preparo un bol de leche desnatada con cereales integrales y me arreglo. A ver si encuentro algún sitio en el que comer ligerito hoy. Aunque yo no sea de esas, mi estómago me pide a gritos una ensaladita y un batido de frutas porque todavía no se ha repuesto del *goxua*.

Miro mi reflejo en el espejo antes de coger el bolso para salir: botas altas planas para patear la ciudad, pantalones pitillo beige y suéter oversize de lana porque, ¡menudo frío hace aquí! Acostumbrada como estoy al cielo azul y al sol de Valencia, estos días grises, con llovizna y frío me tienen encogida.

Abro la ventana y me asomo a ver qué tal día hace hoy y, así, coger un abrigo u otro en función del clima.

¡¡¡Está nevando!!! Vale, ya sé que estamos en invierno y que antes o después caería una nevada, pero... ¿justo tenía que ser hoy?

Uf, espero que haya pasado el quitanieves, no pienso ni por asomo quedarme un día más encerrada en este valle. No me apetece nada tener que ponerle las cadenas al coche, pero, si gracias a eso puedo pasar un día en la ciudad, lo haré.

Me pongo el anorak más gordo que tengo y trato de abrir la puerta que da al prado. Sí, digo «trato» porque la montaña de nieve que hay al otro lado no me permite abrirla. Vaya, me temo que esto es peor de lo que yo pensaba.

Salgo por la otra puerta y bajo con rapidez las escaleras que me comunican con la casa de Arturo. A ver qué me dice. Espero que sepa si va a pasar el quitanieves o que, al menos, él pueda desbloquearme la puerta.

Llamo a la puerta y espero paciente. Lo cierto es que no terminamos de llevarnos bien. Hemos comido juntos casi todos los días en la posada y aunque hemos tenido un trato cordial no puedo evitar que sus hirientes palabras me vengan a la mente cada vez que estoy con él. ¡Qué manera de juzgar a la gente!

Vale, me gusta vestir bien y odio el campo, pero eso no significa que sea una pija materialista a la que solo le importa el dinero. ¡Nada de eso! Yo soy trabajadora y todo lo que me compro me lo he ganado con el sudor de mi frente. Me parece increíble que se crea mejor persona que yo solo por el hecho de ser de campo.

Interrumpe mis pensamientos al abrir la puerta de golpe y sin preguntar.

—¡Vaya! —exclama sorprendido al verme en la puerta—. Justo iba a buscarte. Si has llamado ni te he oído.

—¿A buscarme?

—Sí, acaban de decretar alerta. Parece ser que esta nevadita solamente es el principio del temporal que se avecina.

—¿Temporal?

—Así es. Y durará, por lo menos, hasta el domingo. Me temo que si tenías prevista alguna salida —comenta al percatarse de mi atuendo—, tendrás que cancelarla.

—Estás de broma, ¿verdad?

—Me temo que no. Con un poco de suerte el domingo por la tarde habrá amainado algo, pero prepárate porque va a caer una buena, ¡esto no ha sido nada!

—¡Y yo que estaba dispuesta a pasarme el día de tiendas por Pamplona! —me lamento—. Por no hablar de que tengo la nevera vacía. Como he comido en la posada me había despreocupado del asunto y si ahora no puedo salir a comprar...

—Tranquila, mujer, no dejaré que desfallezcas —me dice con amabilidad—. Yo tengo la despensa llena. Puedes comer conmigo.

Me quedo bloqueada ante esta especie de invitación. No sé muy bien qué decir. No me apetece pasar el rato con alguien que me tiene en tan baja consideración, pero, por otra parte, tampoco quiero morir de hambre.

—No me mires con esa cara que tampoco es para tanto, al fin y al cabo, hemos comido juntos en la posada todos los días, ¿no?

—Sí, es cierto —admito.

—Pues vuelve por aquí a las dos y la señorita tendrá lista su comida. —No puedo evitar irritarme ante su tono condescendiente, pero no dejo que el mal humor se apodere de mí. Ya tengo bastante con estar encerrada en esta casa todo el fin de semana.

—¿Y si bajo un poco antes a ayudarte a prepararla? Todavía es temprano y me voy a aburrir como una ostra si me paso toda la mañana sin nada que hacer.

—Está bien —concede poco convencido—. Como tú quieras.

Me doy la vuelta, subo los escalones de dos en dos y entro de nuevo en mi casa.

¿Temporal? ¿Todo el fin de semana? No puedo creer que vaya a tener que pasarme encerrada mis días libres. Enciendo el ordenador y trato de conectarme a Internet, pero parece que los astros han decidido conjurarse contra mí. No hay conexión. Miro el móvil. Ni 3G, ni cobertura. Y la casa no tiene teléfono fijo.

Vale, está visto que las cosas siempre pueden ir a peor.

Incomunicada y encerrada. Y la única persona con la que puedo mantener una conversación es un tipo que me mira como si fuera una princesita que no sabe valerse por sí misma. Está muy equivocado.

¿Quién se ha creído que es? No es más que un ganadero. Puede que sea atractivo, pero no es más que un tipo de pueblo que ha heredado el negocio y el caserío de sus padres. Y necesita tener una inquilina para que le salgan las cuentas. Pues no veo de qué tiene que enorgullecerse.

Me dejo caer sobre una silla y una vocecita interior que, indudablemente, es mi conciencia me dice que no debo juzgar a las personas a la ligera.

Tiene razón. A mí me duele que él lo haya hecho, así que no debo caer en el mismo error. Además, ¿a mí qué me importa cómo sea él? Solo es mi casero.

«Eso, solo es mi casero» me repito a mí misma por si no me ha quedado claro.

No debe molestarme lo que él piense. Yo sé que está equivocado y eso debería bastarme. Decidida a demostrárselo me dirijo de nuevo hacia su casa.

Llamo al timbre y espero.

—¿Qué pasa? —pregunta—, ¿no es un poco pronto para empezar a hacer la comida?

—¡Estamos incomunicados!

—¿Qué quieres decir?

—Estamos rodeados por la nieve, sin teléfono ni Internet, ¡creo que no va ni la toma de televisión!

—Es lo normal con un tiempo así.

—¿No vas a invitarme a pasar?

Se echa hacia atrás un tanto descolocado por mi pregunta y abre la puerta para que entre.

—Gracias.

—¿Quieres un café?

—Claro. Con leche y dos de azúcar, si es posible. Creo que ya es hora de que nos conozcamos un poco mejor.

—¿Tú y yo?

—Sí.

—¿Por qué?

—¿Y por qué no? Vivimos en el mismo caserío, comemos juntos casi todos los días...

Parece dudarlo, pero, al fin, asiente con la cabeza.

—Tienes razón. Un amigo nunca viene mal.

—Amiga, en este caso.

—Anda, ven, será mejor que nos tomemos el café en la cocina. Es la estancia más cálida de la casa y ya sabemos los dos que no estás hecha para los climas fríos.

Sonrío y lo sigo. Puede que en el fondo no sea tan mal tipo.

Arturo

Mientras la cafetera chisporrotea sobre el fuego de la cocina de gas saco unas pastas para acompañar. Claudia está sentada frente a mí y, como ya viene siendo habitual, no puedo evitar que mis ojos recorran su cuerpo de arriba abajo.

¡Con lo tranquilo que vivía yo antes de que llegara!

No sé qué me pasa cuando estoy con ella que no puedo evitar ponerme un poco nervioso. Bah, solo es porque me atrae físicamente. Ya está. Me gusta el envoltorio, pero no lo que hay en el interior. En realidad, tampoco es que la conozca tanto, pero sé cómo son las chicas como ella.

Ya lo viví con Lucía.

Y no pienso repetir. Claudia y yo solo seremos amigos, me digo con convicción una y otra vez, repitiéndolo como un mantra. Y, tan concentrado estoy que no me doy cuenta de que la cafetera lleva un huevo de rato pitando, de que el café se ha salido y de que Claudia corre horrorizada a apagar el fuego y limpiar el desastre. Todo bajo mi atenta mirada porque no soy capaz de reaccionar. ¡Menuda he liado!

—¿En qué estabas pensando? —me increpa—. ¡Adiós café!

—Trae, déjame a mí —digo mientras intento arrebatarle el viejo trapo de cocina que está utilizando.

Aparta el trapo de golpe y me impide cogerlo.

—¡Quieto ahí!

—¿Qué pasa?

—No pasa nada. Pero no se me van a caer los anillos por limpiar un poco de café. No soy tan señorita como te crees —me espeta—. A ver si te vas a pensar que yo tengo servicio en casa o algo.

No sé qué responder a eso.

—Si fuera tan pija como dices no habría tenido que aceptar el traslado y venirme a este pueblo apartado de la civilización.

—En eso tienes razón.

—Mira, dejemos las cosas claras.

—¿Y el chocolate espeso? —no puedo evitar bromear.

Ella sonríe.

—No me gusta el campo, nunca he sido de esas a las que les gusta salir de excursión o ir de senderismo. Me gusta vestir bien, ir de tiendas, ir a la playa y, si salgo de viaje, ir a una gran metrópoli. No me gustan los pueblos, las posadas, las granjas ni nada de esto, pero ni soy una señoritinga ni soy una mala persona.

¡Joder con la niñita de ciudad! Menudo carácter. Me gustaría contradecirla, decirle que eso no es así, que sé cómo son las mujeres como ella, pero no puedo. No puedo porque no la conozco y, aunque me jode reconocerlo, parece sincera.

—Está bien, si insistes en limpiarlo, hazlo.

—No es que insista. Es que no me cuesta nada.

—Venga, mientras tú lo aseas yo pondré otra cafetera al fuego.

—Eso es, trabajo en equipo.

Nos tomamos el café con pastas y charlamos mucho más a gusto que los otros días en la posada. Sin quererlo, descubro que me cae bien. Más que bien. Es un poco pija, sí. Pero muchas otras cosas y, las pocas que veo, me gustan. Lástima que esto le guste tan poco. Es simpática, pero no creo que tengamos mucho en común.

—Venga, vete al salón a leer un rato, que yo me ocupo de la comida.

Enarca una ceja.

—Eres mi invitada —insisto—. Déjame que te sorprenda. Cuando falte poco te aviso y me ayudas a poner la mesa mientras nos tomamos una copa de vino.

—De acuerdo. ¿Tienes revistas o algún libro para que me entretenga?

—Sí —señalo con la cabeza una estantería que hay junto al sofá—. No soy ningún analfabeto.

—¡Yo no he dicho eso! —protesta.

—Anda, ve y deja que me concentre. No querrás que pase con la comida lo mismo que con el café.

Sale de la cocina en silencio y la oigo revolver los libros. De pronto, oigo sus pasos y me giro para verla asomar la cabeza por la puerta de la cocina.

—¿Quieres decir que yo te desconcentro? —pregunta traviesa.

¡Joder!, ¿tan transparente soy? Antes de que tenga tiempo de responder da media vuelta y, con una sonrisa en los labios, regresa al salón para sentarse a leer una de las novelas románticas que tanto gustaban a mi madre.

«En fin, será mejor que me centre en preparar la comida».

Un par de horas más tarde me acerco a Claudia con una copa de vino tinto en la mano.

—Gracias —me dice al tiempo que levanta la mirada del libro—. Hay que ver qué rápido pasa el tiempo cuando lees.

—Yo no suelo leer mucho, la verdad —confieso avergonzado—. A mi madre le encantaba y todos los libros que ves ahí eran suyos. Mis aficiones son... ¿cómo decirlo? Menos tranquilas.

Se pone en pie y me sigue a la cocina de nuevo.

—¡Mmm, qué bien huele! No daba yo un duro por que cocinaras tú, pero he de reconocer que me has sorprendido.

—¡Si es que soy como un huevo Kinder!

—¿Un huevo Kinder? —Me mira sin comprender.

—Claro, tú solamente ves lo que hay por fuera, pero tengo sorpresa en el interior. —Joder, que yo también tengo mi corazoncito. Igual que a ella no le gusta que la tome por una esnob a mí no me gusta que solo vea al tío de pueblo que se ocupa de las vacas. Soy mucho más que eso.

—Ajá —parece divertida por mi afirmación—, y, dime, ¿qué más sorpresas tienes dentro, Humpty Dumpty?

—Ya las irás descubriendo. Anda, ve poniendo la mesa que yo voy a preparar el cordero.

—¡Cordero! Qué bueno. Me encanta. Mi abuela siempre lo preparaba al horno para Nochebuena.

—Pues mira, no estamos en Navidad, pero vamos a darnos un buen festín.

—Pero nada de *goxua* de postre, ¿eh? No creo que pueda volver a probarlo mientras esté por aquí.

—¿Mientras estés por aquí?

—¡Hombre! No pienso quedarme en este pueblo toda la eternidad. Antes o después volverán a trasladarme a Valencia ¡o eso espero!

—Ah.

Parezco estúpido. Odia vivir en el campo y, cuando me alquiló la casa, ya me avisó de que no sabía con seguridad cuánto tiempo estaría aquí. De todas formas, ¿a mí qué más me da que esté ella aquí o no? Ya encontraré otra persona a la que alquilarle la casa. O igual he conseguido solventar mis problemas económicos y no me hace falta. ¡Y podré vivir solo otra vez! Como a mí me gusta.

—Bueno, venga —me dice mientras da un sorbo a la copa de vino—, ¿me sirves ese cordero?

Fijo la mirada en la fuente que he sacado del horno y reposa sobre la encimera tratando de volver a la realidad.

—Qué menos para una señorita como tú.

Pongo dos buenas raciones de cordero con patatas, relleno de vino las copas y saco una barra de pan.

—¿De dónde has sacado esa barra? ¡Si estamos aquí encerrados!

—La he descongelado. Sin pan no se come.

Nos sentamos tranquilamente a la mesa y comemos en silencio. Desde luego, ambos somos buenos comedores. ¡Qué raro en una chica como ella! Estamos terminando el plato cuando, de golpe, se va la luz. A pesar de ser mediodía, el cielo está tan nublado por la nevada que cae que nos quedamos en penumbra.

Me pongo en pie y, con torpeza porque no veo bien, recojo la mesa como puedo mientras la señorita se queda inmóvil en su sitio.

—¡Te juro que si hubiera luz te ayudaría! —profiere con voz de niña buena—. Es que así, a oscuras, tengo miedo de liarla...

—Tranquila, mujer, hoy eres la invitada. No voy a echártelo en cara.

—Pues muchas gracias. Oye... ¿esto de la luz... durará mucho? Anochecerá pronto.

—Con estos temporales no se sabe. Estábamos en alerta máxima. ¡Igual nos quedamos a oscuras hasta mañana! Dame la mano, que te ayudo a llegar al comedor. No vayas a tropezar con algo y en tu segunda semana de trabajo tengas que pedirte la baja.

La tomo de la mano y no puedo evitar recrearme acariciando su suave piel. Es casi como la de un bebé.

—Crema de manos —me susurra al oído como si me leyera la mente—. Hace maravillas.

Mira que soy descarado, peor que un crío. A saber cuánto rato he estado manoseándola para que se percatase. Y encima ella, ahí, dejándome clarito que sabía lo que estaba haciendo. Qué vergüenza. ¿Se puede saber qué me pasa?

¡A partir de ahora las manos quietas! O no respondo de mí mismo.

Capítulo 6

Claudia

Ha sido sentir el roce de su mano sobre la mía y he sentido un cosquilleo en el estómago. Como cuando estás subido en una montaña rusa, a punto de bajar por la cuesta más empinada. Igual.

Cuando yo me subo a una montaña rusa siento una mezcla de excitación y miedo que es exactamente la misma que he sentido cuando Arturo me ha tocado. Sí, eso es justo lo que he sentido.

Siento la tentación de tontear con él. Llevo toda la mañana en su casa y lo cierto es que a cada minuto que pasa descubro algo en él que no esperaba. No, ¡si tendrá razón en lo del huevo Kinder! Anda, que menudas ocurrencias tiene.

Me siento en el sofá a su lado, tomando la precaución de apartarme unos centímetros. Solo quiero tontear. Nada más. Así que mejor no correr riesgos. Porque si vuelve a tocarme empiezo a pensar que no seré responsable de lo que haga.

Estoy en su casa a solas con él, incomunicados, sin teléfono, sin Internet y sin luz.

Lo mejor será buscar algo con lo que distraerse porque yo creo que él está como yo. Pues no se le ha notado ni nada cuando me ha cogido la mano para guiarme al salón. Le caeré mal y le pareceré una pija, pero estoy convencida de que le pongo.

Y, para qué negar la realidad, yo no tendría nada serio con alguien como Arturo. Para empezar porque, para él, el campo es su vida y yo sería incapaz de pasar en este entorno más tiempo del imprescindible. Es guapo: sí. Y me cae bien: sí. Y si viviera en una ciudad y tuviera un trabajo distinto a lo mejor me lo pensaría: sí.

Pero es ganadero y vive en medio de este valle en el norte de España, así que lo mejor será mantener la distancia de seguridad.

Porque si me toca otra vez como antes no respondo.

Un par de horas más tarde abro los ojos para encontrarme con los de Arturo, que está de pie a mi lado y me observa con detenimiento mientras me ilumina con su teléfono móvil.

Me incorporo de golpe.

—¿Qué pasa?

—No pasa nada, tranquila. —Me pone una mano en el hombro y me parece que si lo que quería era tranquilizarme así no va a conseguirlo. ¡Dios! ¿Por qué se me eriza todo el vello del cuerpo cuando me toca?—. Es que llevabas tanto rato dormida que me he asustado, quería comprobar que estabas bien.

—Estoy bien —respondo apartándome de él y frotándome las piernas. Me molestan las botas.

Veo que Arturo ha encendido unas velas y que ha dejado una linterna sobre la mesita.

—¿Seguimos sin luz?

—Así es.

—¿Hasta cuándo?

—Ni idea. Pero mientras no vuelva a funcionar será mejor que te quedes aquí.

—De acuerdo. —Madre mía, no sé si va a ser bueno para mí tenerlo cerca tanto tiempo—. ¿Te importa que me quite las botas?

—Claro que no, mujer. Yo te ayudo. —Al decir esto se inclina junto a mí, toma una de mis piernas entre sus manos, me baja con delicadeza la cremallera y tira hacia fuera de una de las botas. Luego repite la operación con la otra.

No puedo evitar sentir un hormigueo. Nunca antes algo tan corriente como quitarme una bota me había excitado tanto.

—Gracias.

Un pequeño e incómodo silencio invade el salón. Vaya, ni que hubiera pasado un ángel. Yo no sé qué decir. Estoy nerviosa. Me ha dicho que me quede aquí mientras no vuelva la luz, esto no puede traer nada bueno. Lo mejor será sacar algún tema de conversación distendido.

—Sabes, cuando yo era pequeña me encantaba jugar a las tinieblas. Venían mis amigas a casa, nos metíamos en mi cuarto, apagábamos la luz y nos escondíamos.

—Mmm... interesante.

Arturo se incorpora con lentitud y lo veo acercarse hasta una de las velas que hay encendidas y de un suave soplido, la apaga. Repite la operación con el resto de las velas que hay. No sé lo que está pensando, pero lo noto muy seguro de sí mismo. Y eso no me gusta. ¿O sí?

De pronto, estamos a oscuras y me pongo muy, muy nerviosa porque no sé lo que va a pasar. Escucho sus pasos y noto cómo se sienta junto a mí en el sillón. Cerca, muy cerca.

Demasiado.

—¿Quieres jugar ahora a las tinieblas? —me susurra con voz ronca al oído.

La respuesta de mi cuerpo a esta pregunta es un sí como una catedral, pero mi cabeza no lo tiene tan claro… por lo que no respondo.

—Quien calla, otorga —dice, antes de buscar a tientas mis mejillas para sujetarlas con ambas manos y acercar mi cara a la suya—. Me parece que ya te he pillado.

Las palabras no pueden ser más acertadas. Pillada. Así me siento ahora mismo.

¿Dónde ha quedado el rústico ganadero que me alquiló su casa? Es como si la oscuridad hubiera ocultado todo lo que no me gusta de él, porque todo el rechazo que he sentido en muchas ocasiones se ha convertido en una irrefrenable atracción.

Ahora solo puedo recordar su seductora sonrisa y su cabello rubio. Tengo dudas acerca del color de sus ojos, pero la penumbra me impide verlos. Creo que eran azules, pero es que cuando lo miro, su sonrisa hace que olvide todo lo demás. Sé que me mira con detenimiento, pero no podemos vernos. Solo podemos sentirnos.

Tacto, sabor, olor…

Puedo sentirlo a través de los sentidos que me quedan y eso es lo que hago. Soy yo la que me lanzo hacia él en busca de sus labios. Dejo que mi boca se funda con la suya. La saboreo y, aunque hemos estado sin luz, compruebo que ha ido a lavarse los dientes porque sabe a menta.

Arturo responde a mis besos y no se queda atrás. Sus manos acarician mi cuerpo. Busca con ansiedad mis pechos y los acaricia por debajo del suéter.

De pronto siento calor, mucho calor.

—¿Has subido la calefacción? —no puedo evitar preguntar.

—¿Crees que voy a dar mi brazo a torcer en cuanto a eso, señorita? —murmura mientras sus labios recorren mi cuello—. Lo que he hecho es encontrar una forma más barata de quitarte el frío.

«Y mucho más efectiva», pienso.

Las manos de Arturo me van desnudando poco a poco. Prenda a prenda. Con un mimo y un cariño que pocas veces he sentido. Me aparta con delicadeza un mechón de pelo de la cara y me pregunta:

—¿Quieres hacer tú lo mismo? Yo también tengo mucho calor.

Sé que no puede verme, pero estoy segura de que sabe que sonrío mientras hago lo que me pide. Me entretengo en desvestirlo. Disfrutando de cada parte de su cuerpo. Al quitarle la camisa puedo palpar su pecho y me relamo al notar que puede que no sea un huevo Kinder, pero sí tiene una tableta de chocolate. No me extraña. Alguna ventaja tiene que tener la dura vida de granja.

Me deleito besando cada cuadrado.

—Eres una golosa —le escucho decir entre jadeos.

—Ya te dije que soy de buen comer —replico entre risas, consciente de lo que esa frase implica en la situación en la que nos encontramos.

Los dos estamos desnudos y fuera está nevando. Estamos a varios grados bajo cero, pero dentro del caserío el termostato arde.

Nos olvidamos de todo. De quiénes somos. Del rechazo que ambos sentimos por la vida del otro. Nos dejamos llevar. En medio de esta oscuridad siento que ya no somos Claudia, la pija, y Arturo, el chico de pueblo, solo somos un hombre y una mujer.

Tumbados el uno junto al otro sobre el sofá, nos acariciamos y nos besamos. Arturo sabe lo que hace, sin duda. Me separa las piernas y con sus grandes y ásperas manos recorre esa parte de mi cuerpo.

Se me escapa un gemido. No me gusta ser una escandalosa, pero sabe lo que se hace y activa cada una de mis teclas. Ahogo otro gemido. Dios, ¿es que no soy capaz de callarme?

Arturo insiste y estoy segura de que quiere escucharme, así que dejo de contenerme y le doy la satisfacción, ya que no puede ver mi cara, de escucharme gemir. Al fin y al cabo, estamos en medio de la nada, ¿quién va a oírme?

El chico de campo, el ganadero, me está llevando al clímax como pocos lo han hecho. Mientras me acaricia el clítoris, introduce primero un dedo y luego otro dentro de mí. Me retuerzo de placer. Estoy totalmente mojada y entra y sale de mí con facilidad a la vez que me besa en los labios, el cuello, el pecho... cada rincón de mi cuerpo.

¿Dónde le han enseñado a este chico a hacer todo esto?

—Yo... yo... voy a... —consigo decir.

—Eso es lo que quiero —responde, sabedor de a qué me refiero.

Cierro los ojos y me abandono al hormigueo que recorre mi cuerpo, a los espasmos que sus manos provocan en mí y dejo que explosione con fuerza.

Arturo se separa con lentitud de mí, pero permanece a mi lado y yo sigo tumbada sobre el sofá. Exhausta y feliz.

Seguimos incomunicados y sin luz así que, sin pensarlo dos veces, me incorporo y busco a tientas entre sus piernas.

—¿Quieres jugar otra partida?

Arturo

«Me parece que esto se nos ha ido de las manos», pienso cuando siento cómo las delicadas y suaves manos de Claudia me acarician.

Joder, su cuerpo me gusta demasiado. Y no es una remilgada. Se ha dejado llevar y, lo que es más, me sigue el juego. Joder, joder, joder. Si sigue acariciándome así no voy a poder pensar.

—Para, Claudia —le pido.

—Ni hablar —replica antes de que sienta cómo sus labios y su lengua recorren mi miembro—. Voy llevarte al mismo sitio al que me has llevado tú antes.

—Mira que te gusta mandar —exclamo entrecortadamente—, pero no importa. Me gusta. ¿Qué más quieres que haga?

—Disfruta.

Intento poner la mente en blanco. O pensar en la alineación de mi equipo de fútbol. Quizá así consiga aguantar

Porque lo que la niñita de ciudad me está haciendo es tan placentero como insoportable y tengo miedo de no aguantar.

Por desgracia, parece que mi mente no está ahora en mi cabeza, sino en otra parte de mi cuerpo.

—Claudia, no puedo más.

Al escuchar esto, detiene sus besos y caricias y, con una asombrosa agilidad, se coloca a horcajadas sobre mí y nos volvemos uno.

—Esto es lo que he deseado desde que me has quitado la primera bota.

Una afirmación como esa no hace sino ponerme más cachondo todavía. Se incorpora hacia adelante para sentirme más dentro de ella. Su melena castaña acaricia mi pecho, lo que me provoca un escalofrío, y sus labios rozan los míos, dejándome con ganas de más.

Empezamos a movernos al unísono y, por extraño que parezca, por diferentes que seamos, en este preciso momento, siento que estamos hechos el uno para el otro. Nuestros cuerpos encajan a la perfección. Algo que rara vez ocurre.

Claudia se contonea sobre mi cadera y yo dejo que lleve el mando porque sabe lo que se hace. Primero despacio y, luego, cada vez más rápido.

—Arturo, yo... —gime.

—Adelante.

Siento cómo sus músculos se contraen a mi alrededor cuando el orgasmo recorre su cuerpo. Se deja caer con un suspiro sobre mí y yo, con un último movimiento, la aprieto con fuerza antes de dejarme ir como nunca antes lo he hecho.

No sé lo que es, pero Claudia tiene algo especial y pienso averiguarlo.

La estrecho entre mis brazos para impedir que se mueva y le acaricio la espalda hasta que me percato de que su respiración, antes agitada, ahora es suave y acompasada.

Sonrío y me abandono a los brazos de Morfeo sin soltarla.

Al rato me despierto con un poco de frío y decido que, aunque no suele ser política de la casa, igual he de subir un poco la temperatura del termostato. Con cuidado, me levanto del sofá sin despertar a Claudia y cojo la linterna. Recojo mi ropa y me visto. Luego, cojo una manta y la arropo para que no se resfríe.

Compruebo que, pese a que seguimos incomunicados, la luz ha vuelto, así que voy a la cocina y me siento allí. Necesito separarme un poco de mi inquilina para analizar todo lo que acaba de pasar.

Claudia me gusta, sí. Es guapa, es divertida e, incluso, tenemos alguna cosa en común. Pero es de otro mundo. Para ella yo soy como de otra galaxia. Sí, puede que se lo haya pasado bien esta tarde. «Más que bien», me digo a mí mismo. Aun así, estoy seguro, total y absolutamente convencido, de que cuando se despierte esto no va a haber significado nada para ella.

Sé cómo son las chicas de su clase. Sé lo que les importa y lo que les interesa y, desde luego, en esa categoría no estamos los ganaderos de pueblo.

Pongo una cafetera en el fuego y espero a que empiece

a burbujear. Será mejor olvidar lo que ha pasado. Lo hemos pasado bien, pero eso es todo.

Esa chica no es para mí. Y yo no soy para ella.

No sé qué cable se me ha cruzado antes. Al final será verdad eso de que los hombres pensamos con nuestras partes en vez de con la cabeza. Ha sido cogerle la pierna para quitarle la bota y he perdido el control. ¡Mierda!

Ahora cuando se despierte, aquí no ha pasado nada. Tendré que mantener la distancia de seguridad porque si me acerco a ella no estoy seguro de tener fortaleza mental suficiente para mantener mis manos separadas de su cuerpo.

Al cabo de un rato, me percato de que se está desperezando. Me acerco hacia ella y le ofrezco una taza de café. Al cogerla, roza mi mano y no puedo evitar estremecerme. Odio que me haga sentirme así, atraído por ella sin remedio. Pero no, no podemos estar juntos. No pienso volver a pasar por eso.

—Ha vuelto la luz —la informo.

—Ya lo veo —responde sin poder ocultar un bostezo—. Si quieres podemos seguir jugando... No tienes más que apagar el interruptor —dice con voz seductora.

—Será mejor que subas a casa.

Sé que estoy siendo un borde. Sé que mi comportamiento, mi tono y esa frase tan seca no tienen perdón. Y sé que me va a odiar. Pero es la opción más segura. Mantenerme alejado de ella. Es la única solución.

—¿Qué?

Me mira incrédula, como si no pudiera creer lo que oye. Me apuesto lo que quieras a que lo único que le jode es que sea yo el que le dé la patada y no al revés. Lo que le revienta, estoy seguro, es que alguien no le baile el agua. Tengo absoluto convencimiento de que más allá del buen rato que hemos pasado no tiene ningún otro interés en mí. Para ella, yo estoy a otro nivel. Y es uno que está por debajo del suyo, eso seguro.

Se pone en pie y me mira con desprecio.

—De acuerdo —me devuelve la taza de café intacta—. Gracias, pero ya me haré yo una arriba.

No le respondo. Solamente la observo salir de mi casa, tiesa como un palo y con la cabeza erguida. Desde luego, a orgullosa no le gana nadie.

Capítulo 7

Claudia

Entro en mi casa y, furiosa, cierro la puerta de golpe.

Será... será... No hay insulto en el mundo que me parezca suficiente ahora mismo para ese tipo. No ha podido ser más borde y maleducado. Después de lo que hemos compartido. No lo entiendo.

Me acerco a la cocina y, en vez de prepararme un café como le he dicho, me hago un chocolate caliente. El chocolate es el mejor remedio para la tristeza. No importa el formato —tableta, crema, bombón— o el sabor —blanco, con leche o puro—, el chocolate siempre es la mejor solución. Puede que la única.

Aunque no tengo frío, subo la calefacción. Solo por fastidiar un poco al imbécil de mi casero. Porque sí, ahora mismo me parece el imbécil más grande del mundo. Cojo una manta y me siento en el sofá, donde me bebo mi taza de una sentada.

Qué rico.

Por desgracia no me hace sentir mejor. Puede que Arturo no sea el hombre de mi vida. No le he pedido una declaración ni ningún compromiso, pero, oye, que casi no han pasado ni dos horas desde que estaba dentro de mí y me ha tirado de su casa de malos modos. ¿A santo de qué?

Puedo comprender que no quiera nada más que sexo. Que no quiera una relación. Hasta ahí lo entiendo. Igual hasta lo hubiera compartido. No tenía más que decirlo.

«Con Santi, al menos sabía a qué atenerme», pienso apesadumbrada.

Lo malo, pero malo de verdad, es que Arturo me gusta. Sí, es un ganadero que vive en un pueblo perdido de Navarra, pero también es un hombre atractivo, interesante y con sentido del humor. ¡Y menudos pectorales!

Por no hablar de lo bueno que es en la cama.

Buf, será mejor olvidarme de eso o van a entrarme calores. Y eso que he puesto la caldera a veinticinco grados con la secreta esperanza de que mi casero suba a echarme la bronca. Pero nada. No vuelvo a saber de él en todo el fin de semana.

Paso la noche del sábado sola y el domingo también. Cuando llega el lunes por la mañana y he de volver al trabajo ya no me siento dolida, solo me siento rabiosa. Tremenda y profundamente cabreada. Me las va a pagar.

Me levanto de la cama a ritmo de reggaeton, canto a pleno pulmón y, después de arreglarme y vestirme, taconeo por toda la casa como si no hubiera un mañana.

—Lo que pasó, pasó, entre tú y yo —canto a grito pelado.

A ver si capta la indirecta. No es el único que no quiere nada. Tuve un momento de flaqueza y me conquistó con sus frases de galán de pacotilla y sus besos, pero ya he vuelto a la realidad. Yo necesito algo más.

Necesito a alguien como Santi. Hoy mismo le escribiré, a ver cuándo viene a visitarme como prometió.

Salgo de casa toda emperifollada. Soy la subdirectora de un importante banco y no por estar en medio de la nada y ejerciendo de simple cajera voy a dejar de arreglarme.

—Fiu, fiu.

Escucho un silbido tras de mí y me giro sorprendida. No hay ningún albañil por aquí. Entonces lo veo: Arturo está terminando de despejar de nieve la entrada a la granja. El quitanieves ha despejado la carretera, pero las entradas a la casa y la granja son cosa suya. Lleva puesto un viejo y horrible mono azul y unas botas de agua. Está sudado y sucio. Y el muy asqueroso está guapo aun con esa indumentaria zarrapastrosa. No lo soporto.

—Buenos días —saluda.

Lo ignoro y continúo mi paseo sobre el húmedo asfalto. Espero no caerme. Me he puesto los tacones más altos que tenía y no soportaría la vergüenza de caerme. Camino muy tiesa.

—Mírala ella, toda educación. Vaya con la señorita de *El diablo viste de Prada*.

—Mejor eso que parecer un albañil de barrio silbando y piropeando a las chicas que pasan —replico cabreada y ofendida.

—¿Albañil? Señorita, creía que ya tenía claro que soy ganadero. Les estaba silbando a las vacas.

Vale. Esta es la última grosería que pienso aguantarle a este tío. ¿Quién se cree que es? Y, ¿dónde se ha metido el hombre amable y cariñoso del sábado? ¿Cómo puede alguien cambiar tan rápido de actitud?

Me meto en el coche y, como ya es costumbre en mí cuando estoy enfadada, cierro de un portazo. Aprieto los párpados con fuerza para contener las lágrimas que luchan por salir. No sé por qué me duele tanto que me trate así, pero no puedo evitarlo. Siento un vacío en el estómago y me duele el pecho.

Arranco y paso a su lado a toda velocidad. Ni lo miro. Solo puedo pensar en lo mucho que lo odio y en lo cretino que es. Voy a buscarme otro alojamiento. Cuanto más lejos esté de él, mejor.

Entro en la oficina que, para mi sorpresa está abierta, sintiéndome una imbécil. Con todas las de la ley. ¿Quién me mandaría a mí encapricharme de un tío de pueblo? Está claro que no ha sabido valorarme. El tío acaba de catar caviar y resulta que no le ha gustado... ¡Pues, bueno! Que se quede con sus chuletones de vaca.

Mis pensamientos se alejan de Arturo y se centran en el banco. Contra todo pronóstico, Juancho está en su despacho. ¡Trabajando! Y todavía no son ni las ocho.

—¿Qué haces?
—Estoy gestionando la morosidad de la oficina.
—No me refiero a eso, Juancho.
—¿Ah, no? —me mira extrañado.
—No.
—Entonces, ¿qué pasa?
—Llevo una semana aquí y no has sido puntual ni un solo día. Por no hablar de que estás sobrio...
—Mmm.

Está mirando la pantalla muy concentrado. ¿Me habrán cambiado al director? ¿Dónde está el Juancho tardón que llega a la oficina con resaca y aroma a sidra?

—Juancho.

—Hija, no sé de qué te sorprendes. Me juego el cuello a que te has pasado todo el fin de semana incomunicada, ¿me equivoco?

Niego con la cabeza.

—Pues eso. —Suspira—. Yo también. Encerrado. En casa. ¡Con mi señora esposa! —Pone cara de horror.

—Por Dios, no puede ser tan mala.

—¡Ja!

Trato de aguantarme la risa porque la historia no puede resultarme más graciosa.

—Eso, eso, tú ríete. ¿Pues sabes lo que te digo? —Hace una pausa muy teatral y se pone en pie—. Que este viernes te vienes a cenar a casa. Te invito. Y ya me dirás si es o no es el mismísimo demonio.

Me voy a mi mesa riendo a carcajadas. Río tan fuerte que no escucho las protestas de mi director. Río tan fuerte que me siento feliz y olvido la angustia que me oprime el pecho al pensar en cómo me ha tratado Arturo.

Río tan feliz que no lo escucho entrar en la oficina.

—No sabía yo que fuera tan divertido trabajar en un banco.

Parece molesto con mi estado de ánimo. Pues quien se pica... Y, además, hace apenas veinte minutos estaba ocupándose de sus vacas y de la nieve, ¿es que no puede vivir sin mí? Me dan ganas de soltárselo, pero yo a lo mío. Lo mejor es no responder, que ya lo dice el refranero popular: «No hay mayor desprecio que no hacer aprecio».

—He venido a ingresar.

Vale, pues nada, no me queda otra que atenderle. Procedo a ingresar el dinero de la manera más profesional posible, pero sin un mínimo de amabilidad.

—Y, por favor, sé discreta, no hagas como el otro día y vayas contándole a todo el mundo que he venido a ingresar. No sé si sabes que existe algo llamado Ley de Protección de Datos.

—¿Qué insinúas?

—En la posada.

No entiendo.

—No te hagas ahora la tonta. Comiendo juntos en la posada te dedicaste a enumerarme a qué había venido cada cliente: que si el cura, que si el otro, que si el de más allá.

—¡Por favor! Estaba hablando en confianza. Pensaba que podíamos ser amigos. ¿Tú nunca comentas nada del trabajo con los amigos?

—Nosotros no somos amigos. Yo soy tu casero y tú eres mi inquilina —replica muy serio.

—Tranquilo. Ya me lo dejaste bien claro el sábado. Claro, cristalino —siseo.

¿Por qué tiene que ser tan insensible? Me parece bien que no quiera más que un polvo de una noche (o de una tarde, para ser exactos), pero, ¿por qué tiene que expresarlo con ese desdén?

—Bien. Pues ten cuidadito con esa lengua tuya, que la tienes muy suelta. Nadie tiene por qué saber si he venido a ingresar o no.

—Descuida. —Luego, bajo el tono de voz intencionadamente y murmuro para mí—: Total, no creo que a nadie le importe.

Lo observo salir de la oficina, caminando con sus grandes zancadas y vestido con ese horripilante mono de trabajo. ¿Por qué diantres me molesta tanto su rechazo?

Juancho sale del despacho y se coloca frente a mi mesa.

—No quiero hurgar en la herida, pero...

—Adelante, tienes mi permiso, yo me he reído antes bien a gusto.

—Me parece que no he sido el único que se ha quedado encerrado en casa en compañía non grata.

—Así es.

—Pero también me parece que... —me guiña un ojo antes de soltar la bomba— en algún momento de este frío y triste fin de semana, la compañía sí ha sido de tu agrado. —Ríe.

Lo que me faltaba. El director de mi oficina cotilleando sobre mi vida privada. Estas cosas a mí antes no me pasaban.

Arturo

Son las dos de la mañana y no puedo dormir. Tengo los ojos como platos y un nerviosismo en el cuerpo que no me aguanto ni yo. La culpa la tiene el café de la posada de Igoa. Joder, yo no sé qué le han metido a ese café pero no puedo relajarme. En contar ovejitas ni pensamos... si fueran vacas, a lo mejor.

Definitivamente, el café de Elena es muchísimo mejor.

Me doy la vuelta en la cama por enésima vez y maldigo a mi vecina del piso superior. Todo esto es culpa suya. Si no se hubiera apropiado de mi posada yo no habría tenido que ir a comer a otra. Porque ir a la misma ni me lo planteo. Ya tengo bastante con cruzármela por aquí o cuando voy al banco (y en eso no voy a ceder, no pienso coger el coche hasta Lekunberri para ingresar en la oficina de allí) como para compartir mesa con ella todos los días. ¡Ni en broma!

Ya ha trastocado demasiado mi vida. Tanto que, desde que la eché de casa a patadas, me siento fatal. Tengo un sentimiento de culpa horrible, pero sé que esto es lo mejor. He cortado por lo sano. Antes de llegar a sentir algo más fuerte por ella. Antes de enamorarme.

Sí, enamorarme. No tengo ninguna duda de que si no me hubiera alejado de ella eso es lo que habría pasado. Que yo me habría colgado de ella como un bobo y ella se hubiera reído en mi cara por pensar que podía haber algo más entre nosotros.

Ella es una niña bien y, las niñas bien no se juntan con tíos como yo. Se lo pasan bien con nosotros una noche, unos días, quizás hasta unos meses, pero luego nos dan la patada y se van con otro que tenga más estudios, gane más dinero y esté más bueno.

Anda que si lo sé.

Nosotros solo somos una aventurilla. El ligue campestre. Para anotarlo en la agenda y poco más.

La patadita de Lucía todavía me duele en el culo. Y en el corazón.

Así que ahora paso de todo. Paso de ella. De su carita de ángel. De sus labios que besan como nadie. De su pelo sedoso. De su risa y ¡hasta de su pijo tono de voz! Paso de todo porque si no paso, sé que será ella la que pase.

Y me niego a tropezar dos veces con la misma piedra.

«Puedo mantenerme alejado de ella. No es tan difícil», me repito una y otra vez, aunque sé que no va a ser fácil. Esta mañana he tardado nada en presentarme en el banco para hacer un ingreso que no me urgía en absoluto.

En medio de mi desvelo, decido levantarme y asomarme a la ventana para que me dé un poco el fresco. Asomo la cabeza deseando que la fría noche me ayude a calmarme y pueda por fin dormir, y estoy a punto de cerrarla de nuevo cuando la vislumbro.

Apoyada contra la sólida pared de piedra del caserío y abrigada con un grueso plumas y un gorro de lana, Claudia se está fumando un cigarro.

No me gusta que fume, no es bueno para la salud, pero lo cierto es que la imagen de Claudia fumando, iluminada tan solo por la luz de la luna, resulta de lo más sexy.

Sonrío al percatarme de que debajo del anorak y las botas de pelo de oveja sobresale un pantalón de pijama de cuadros. De esos de franela, de los de toda la vida.

Así que la señorita duerme con pijamas de franela... Vaya, vaya, vaya. Y de cuadros, ¡ni más ni menos! Yo que creí que dormiría con lencería de La Perla como poco. Bah, a mí qué me importa. Yo paso.

Cierro la ventana de nuevo y regreso a la cama en peor estado del que he salido porque ahora invaden mi mente imágenes de Claudia en ropa interior. Hoy no va a haber quien duerma.

«En qué mala hora alquilé mi casa».

Capítulo 8

Claudia

La semana pasa lenta. Las mañanas, que amanecen frías y con heladas, dan paso a días tediosos en los que no pasan más de cinco personas en toda la jornada por el banco. Juancho es feliz con esta rutina, le encanta la tranquilidad y así se echa alguna que otra cabezadita en su despacho. ¡Qué hombre! No he tenido en toda mi vida un jefe así de vago.

Al aburrimiento de mi semana he de sumarle que estoy convencida de que he engordado un kilo o dos, como mínimo, a base de comer en la posada de Elena. Juro que intento pedir los platos menos calóricos, pero hasta esos son demasiado incluso para mi buen apetito. Por fortuna, como intuyo que Arturo quiere evitarme, no ha venido ni un solo día a comer.

El primer día me fastidia, luego decido que es mejor así...

Yo estoy aquí de paso. Antes o después volverán a mandarme a Valencia y solo me faltaría estar colgada de alguien a quien voy a tener a una distancia de cinco horas en coche. Eso no es práctico. Y yo soy práctica. Mucho.

Lo cual me recuerda que tengo que escribirle ese correo electrónico a Santi.

Puede que una visita suya consiga hacerme olvidar al ganadero este que se me ha metido en la cabeza.

La verdad es que también podría bajar yo a Valencia, pero si vuelvo a pisar mi querida capital del Turia no sé si regresaré al verde norte, así que mejor no corro riesgos, no vaya a ser que transformemos el traslado en despido.

Que a lo mejor mi adorado casero se piensa que soy rica pero no es así. Yo llevo ropa de marca porque me lo gano con el sudor (en sentido figurado, que en el banco lo que es sudar mucho no se suda) de mi frente.

En fin, que no sé qué hago pensando en él, que yo lo que quería era enviarle un email a Santi, aunque, pensándolo mejor, voy a llamarlo. No tengo nada mejor que hacer en esta oficina vacía y necesito a alguien que me suba la moral. Espero que no esté muy ocupado.

—Banco del Turia, ¿dígame?

—Hola, Santiago.

—Vaya, pero si es mi adorada Claudia. ¿Cómo te va entre vacas y ovejas?

—Muy gracioso.

—Has tardado en llamarme. No creí que sobrevivieras más de una semana sin hacerlo —dice haciéndose el ofendido.

—Qué pensabas, ¿qué iba a llamarte nada más llegar para pedirte socorro y que removieras cielo y tierra para que pudiera volver a Valencia?

Se piensa la respuesta.

—Para eso y para... umm... otras cosas.

—No creí que fuera posible que consiguieras que volviera a la *terreta* tan pronto... —replico esperanzada, de pronto, ante la posibilidad de que me trasladen de vuelta a casa.

—Y no lo es. Mínimo un año. Menos los quince días que llevas... como poco te quedan once meses y dos semanas.

—¡Joder, Santi! Menudo humor negro te gastas. Y yo que te llamaba para que me levantases la moral.

—Dímelo con claridad, morena, ¿quieres que vaya a hacerte una visita?

—Sí, eso quiero.

—Ves, es mucho mejor así. ¿Desde cuándo nos hemos andado tú y yo con rodeos? Sabemos lo que queremos y no dudamos en pedirlo.

¿Es esto lo que yo quiero? ¿Meter a Santi en mi cama?

Ahora mismo estoy tan cabreada con el impresentable de Arturo y me siento tan humillada que necesito sentirme importante, atractiva... y nadie como Santiago en la cama para devolverme a mi ser.

Una vocecita en mi interior me recuerda que nunca me he sentido tan especial con él en la cama como con mi casero, pero no quiero escucharla, así que la silencio de golpe. Arturo me ha dejado bien claro que no quiere nada conmigo, así que, aunque Santi no sea el amor de mi vida, no tengo por qué quedarme para vestir santos. Soy una mujer joven y moderna y si tengo la posibilidad de pasar un buen rato, lo haré.

—¿Qué me dices? ¿Vendrás?

—¿A ese pueblo en medio de la nada? ¿Por qué no reservas habitación en algún hotelito de Pamplona?

—De acuerdo. Será mucho mejor —digo relamiéndome al pensar en una habitación con jacuzzi y una botella de champán fresquita.

—Consultaré mi agenda y te confirmaré qué fin de semana voy.

—Está bien.

—Bueno, he de dejarte, Claudia. Tengo una reunión en cinco minutos. Me alegro de que me hayas llamado.

—Y yo de que vengas en mi auxilio. Aunque solo sea por un par de días.

—Siempre a tu disposición.

Cuelgo el teléfono con una sensación agridulce en el cuerpo. Santi y yo hemos sido más que amigos mucho tiempo, nos llevamos bien y, desde que fuimos pareja, hemos tonteado y tenido relaciones esporádicas. Siempre hemos sabido que lo nuestro no daba para más. Nos gustamos, pero no tanto como para vernos en exclusiva. Más bien somos como una vía de escape el uno para el otro.

Nunca me he sentido culpable por tener este tipo de relación, pero ahora siento como si le estuviera siendo infiel a Arturo. A un tipo que se ha acostado conmigo y al cabo de un par de horas me ha rechazado y me ha largado sin ningún miramiento.

No sé cómo puedo sentir algo por él. Aunque, bueno, algo sí siento: siento odio, siento rabia, siento desilusión... y lo que siento por encima de todo es haberme enamorado de un tipo como él. Un tipo que es todo lo contrario a lo que yo busco en un hombre.

Entonces, en ese preciso momento en el que me siento en medio de un remolino de emociones y sensaciones encontradas, se abre la puerta de la oficina y aparece, una vez más, el causante de todos mis problemas.

Hago como que estoy ocupada y fijo la vista en la pantalla de mi ordenador, aunque no puedo evitar mirarlo de reojo cuando sé que no me verá.

Desaliñado como siempre. Con el habitual y zarrapastroso mono azul, con las botas de agua llenas de barro pero también con esa sonrisa cálida y ese ondulado cabello rubio. Una curiosa mezcla que no debería gustarme pero que activa todas las alarmas de mi cuerpo.

Es verlo y ponerme nerviosa como una cría. Como cuando me gustaba un chico de adolescente.

Por suerte, hoy no se acerca a mí. Entra al despacho de Juancho y cierra la puerta. Como ya es casi la hora de cerrar y esta noche voy a cenar a su casa, le hago un gesto a mi director con la mano a modo de despedida y, tras cuadrar la caja, ordenar todos mis papeles y cargar el cajero para el fin de semana, salgo pitando. O, mejor dicho, huyendo.

Arturo

Salgo de la oficina del banco con la cabeza como un bombo. A Juancho le ha dado por intentar venderme seguros: un seguro para la granja, para los tractores, de responsabilidad civil ¡y hasta un seguro de decesos! Este hombre es de lo que no hay... Todavía estoy en la treintena y él hablándome de la muerte.

Y lo peor es que no sé por qué me he dejado engatusar para venir al banco. Encima del tostón que me ha soltado y que me ha dado una jaqueca del copón, mi querida inquilina va a pensarse que he ido adrede a la oficina a verla.

¡Ja! Como si no tuviera bastante con escuchar sus taconeos sobre mi cabeza todas las mañanas.

Ahí estaba cuando he entrado: estirada como una jirafa y guapa como ella sola. ¿Por qué tiene que atraerme de esa manera? Odio a las chicas de su clase, ¿por qué no me pasa lo mismo con Claudia? ¿Por qué lo único que deseo cuando la tengo cerca es estrecharla entre mis brazos y besar esos labios que me vuelven loco desde el día en que llegó?

¡Joder, es que no lo soporto! Si no fuera porque necesito el dinero le diría que la casa ya no está en alquiler.

En fin, me dirijo al caserío contento porque no voy a encontrármela, seguro que está en la posada de Elena. Hoy picaré cualquier cosa en casa, que si esta noche voy a cenar con Juan Ignacio será mejor no pasarse. Su mujer, Miren, prepara unas cenas de escándalo. De las que te tienes que tumbar luego boca abajo en la cama porque vas a reventar.

Ese es el único motivo por el que he aceptado ir a cenar hoy con ellos. Juancho se pone muy pesado en cuanto se bebe un par de vasitos de sidra y su mujer está loca de atar, pero me voy a poner las botas y al menos tendré la mente ocupada y no podré pensar en Claudia.

Esa noche, llego a casa de Juan Ignacio con un mal presentimiento. Al ir a coger el todoterreno me he dado cuenta de que no estaba el Golf de Claudia. «Habrá ido a Pamplona de tiendas y a cenar», me digo a mí mismo para convencerme, pero cuando llego al caserío de los Oquiñena y veo el vehículo aparcado en la puerta, estoy a punto de dar media vuelta y salir corriendo.

«Maldito Juancho». No solo es un auténtico coñazo con los productos bancarios cada vez que voy a la oficina, sino que ahora se dedica a celestino. ¡Lo que faltaba!

Bueno, yo no soy ningún cobarde. Si quieren que cene con mi amiguita la pija, lo haré, pero si esperan que pase algo entre ella y yo, lo lleven claro. ¡Una y no más!

Aparco el coche y camino hasta la puerta cagándome en Juancho, en mi inquilina y en todo lo que encuentro a mi paso. Si es que quién me mandaría a mí... Llamo al timbre y el director me abre la puerta. Su cara cambia de la alegría al temor cuando se percata de que yo ya he descubierto la encerrona.

—Esto...

—No digas nada, Juancho, mejor no digas nada.

—Ha sido cosa de Miren.

—No me jodas, ¿qué cojones sabe Miren que yo no sepa para que organicéis esta cenita de dobles parejas? —siseo—. Bastante tengo ya con tener que aguantarla en el piso de arriba.

—Pues... —Se sonroja como si fuera un crío al que preguntan en clase y no sabe la respuesta. ¡Dios! Con la edad que tiene... Le quedan cinco años para la jubilación y se comporta como un adolescente. Tal cual—. El lunes después del temporal estuve charlando con Claudia, contándole que me había pasado el fin de semana encerrado en casa con Miren y algo en su cara me dijo que vuestro encierro había sido mejor que el nuestro.

Lo acribillo con la mirada, pero él continúa su charla.

—Aunque también me dio la sensación de que la cosa no había acabado demasiado bien.

—¿Y qué, Juancho? ¿Ahora te ha dado por meterte a arreglar relaciones ajenas? ¿No crees que a tu edad sería mejor que te centraras en la tuya? ¿Por una vez en la vida?

—Puede... El caso es que la otra noche vine un poco

pasadito de sidra y no sabía qué contarle a Miren para que no me cayera la bronca. Así que le dije que había estado contigo. Consolándote por lo de tu inquilina.

—¿Que tú qué? —Tengo ganas de estrangularlo.

—Lo siento, Arturo. No te morirás por una cena con ella. Además, ya sabes que Miren cocina de muerte. Eso que te llevas.

Suspiro resignado y lo sigo hasta el salón.

Cuando entro, no sé qué decir, porque Claudia está espectacular. Pero lo más impactante no es eso. Lo que más me llama la atención es cómo va vestida. Acostumbrado a verla con su ropa para ir a trabajar me sorprendo al verla tan informal.

Lleva unos vaqueros desgastados y una camisa vaquera, que luce abierta por encima de una sencilla camiseta blanca, botas de piel de oveja y una gruesa rebeca de lana granate. El pelo lo lleva recogido en una trenza y, aunque estoy seguro de que no ha salido de casa sin maquillar, la pintura es discreta.

No puedo creer que esté tan guapa con un atuendo tan sencillo.

De repente, no puedo apartar mis ojos de ella que, al darse cuenta de que alguien ha entrado, interrumpe su amigable charla con Miren y se gira hacia mí. No sé descifrar lo que dicen sus ojos, aunque pondría la mano en el fuego a que nada bueno.

Entonces me doy cuenta. No me mira con odio, ni con rabia, ni siquiera con desprecio. Me mira con indiferencia y eso me duele mucho más de lo que jamás hubiera imaginado.

«Arturo, la has cagado pero bien».

Capítulo 9

Claudia

Estoy sentada en el sofá, frente a la chimenea del caserío de los Oquiñena y, pese a que Juancho no la soporta, su mujer, Miren, resulta de lo más divertida. Aunque he de reconocer que es mandona y un poquito metomentodo; desde que he llegado a su casa no ha parado de darle órdenes al pobre Juancho que, cosa curiosa, las ha ido cumpliendo sin rechistar.

Empiezo a entender por qué huye a las sidrerías cada noche. No huye de Miren. Huye de él mismo, de su cobardía, de ser incapaz de llevarle la contraria. ¡No se atreve! Y, como no se siente capaz, elige desaparecer de su vista. Lo malo es que luego, cuando vuelve a casa, es peor el remedio que la enfermedad. Porque Miren a buenas debe tener un pase, pero a malas...

Miren me sirve una copa de vino, se sienta junto a mí y se gira hacia mi director:

—Anda, Juan Ignacio, ve a abrir la puerta que han llamado y yo estoy aquí charlando con Claudia la mar de bien.

Sigo con la mirada a Juancho, extrañada, porque pensaba que yo era la única invitada a cenar. Espero que no se les haya ocurrido organizarme una cita a ciegas. No, qué bobada, a santo de qué se les ocurriría eso... Será cualquier vecino del pueblo que necesita algo.

Al cabo de unos minutos, mi director entra de nuevo al salón e interrumpe la conversación que tengo con Miren o, más bien, su monólogo sobre cómo preparar los pimientos del piquillo rellenos de bacalao. Y la interrumpe porque entra acompañado.

Acompañado por él.

Trató de disimular el malhumor que me entra al instante. ¿Qué es esto? ¿Una broma de mal gusto? Juancho sabe de sobra que mi relación con Arturo no es buena, entonces ¿por qué lo ha invitado a cenar?

¿Estamos locos o qué?

Mientras Arturo, que parece mucho más tranquilo que yo (con toda seguridad porque ya hace un rato que se ha percatado de mi presencia) me da dos besos de manera educada pero sin siquiera mirarme a la cara y saluda afectuoso a Miren, el director me hace gestos y aspavientos con las manos indicándome que no ha sido cosa suya.

Ha sido cosa de su mujer.

Así que además de mandona y metomentodo también es una celestina. Ahora que estaba empezando a caerme bien...

De todas formas, si a ella se le ha ocurrido invitar a mi casero pongo la mano en el fuego a que es porque Juancho se ha ido de la lengua. Una copita de más y cantaría hasta la Traviata. A saber qué es lo que le ha contado.

Bueno, no tengo intención de montar un numerito en su casa, aunque si lo que la señora de Oquiñena pretende es formar una parejita no podía ir más desencaminada. Voy a comportarme como la señorita que soy, pero que no esperen de mí más que una exquisita educación. Amabilidad con Arturo, la justa.

—Venga, pues todos a la mesa —dice ella tan campante—. Juan Ignacio, descorcha una botellita de vino.

Creo que es la única que lo llama por su nombre completo y encima lo dice con retintín. He de aguantarme la risa al ver la cara de suplicio que pone cuando lo llama así. A Arturo también debe hacerle gracia la cosa porque le mira, enarca una ceja y, al igual que yo, contiene la risa.

Puede que Miren sea el demonio de Juancho, pero también cocina de lujo. Aunque yo creo que se ha pasado: eso de desayunar como un rey, comer como un príncipe y cenar como un mendigo no lo siguen aquí muy a rajatabla. En este pueblo todas las comidas son de rey, ¡como mínimo!

Juancho descorcha un vinito tinto de la tierra y rellena nuestras copas. En la mesa hay unas picadas antes del plato principal: chistorras, queso de Idiazábal y una ensalada con espárragos.

—Luego he preparado pimientos del piquillo rellenos de bacalao y un buen chuletón de buey —exclama ufana—. Los chicos no pueden pasar sin la carne, ¿verdad?

—Una cena estupenda, Miren —interviene Arturo con una sonrisa encantadora.

Sí, sí, un encanto... cuando quiere. Porque ya he comprobado en mis propias carnes que puede ser un príncipe encantador cuando quiere conseguir algo, pero que luego se transforma en sapo. A mí no me la da.

Juancho me mira con cara de circunstancias y como

suplicando perdón. Porque ahora no puedo decir nada, ¡pero el lunes me va a escuchar! Si quiere que le perdone va a tener que pringar un día en caja por lo menos.

—Bueno, y cuéntanos Claudia, ¿cómo es que una chica tan guapa cómo tú no tiene novio?

Lo que me faltaba. El interrogatorio de Miren para dar paso a intentar emparejarme con mi casero. Se van a enterar. Seguro que lo que viene a continuación no se lo esperan.

—En realidad, sí que hay alguien especial por ahí.

Los tres se giran hacia mí con cara de sorpresa. Juancho y Miren sorprendidos por mi afirmación y Arturo nervioso. El muy imbécil debe creer que soy tan estúpida como para pensar que hay algo entre nosotros. A ver cómo se queda ahora.

—Sí. Es un... ¿cómo llamarlo? Un amigo especial.

—¿Ah, sí? —Miren parece muy interesada—. ¿Y dónde está tu amigo especial?

—Pues está en Valencia. El traslado ha dificultado un poco nuestra relación, pero estoy segura de que Santi vendrá muy pronto a visitarme a Navarra.

Arturo se atraganta con la noticia y con un espárrago que se está comiendo. Juancho se apresura a darle golpecitos en la espalda mientras que Miren le sirve un vaso de agua. Yo observo satisfecha que no le ha hecho ninguna gracia lo que he contado.

Cuando consigue dejar de toser levanta la mirada y clava sus ojos en mí.

—Imagino que no se quedará en mi caserío, ¿verdad? —bufa—. No hemos hablado del tema de las visitas, pero aprovecho para decirte que no están permitidas.

—¿¿Perdona??

—Lo que oyes.

—¿Qué te has creído? ¿Que tu casa es un colegio mayor y tú el vigilante del pasillo? He alquilado un piso, pago por él y puedo meter en mi casa y en mi cama —enfatizo esta última palabra— a quien me dé la real gana.

—¡Eso ya lo veremos!

Miren y Juancho, que observan nuestra conversación como si de un partido de tenis se tratara, girando la cabeza de un lado al otro de la mesa, llegados a este punto intercambian una mirada y, sin que sirva de precedente, están de acuerdo en que hay que cambiar de tercio.

Miren se pone en pie y empieza a recoger platos como si le fuera la vida en ello.

—Claudia, cariño, ¿me ayudas a sacar el postre? Hemos traído chocolate de Elizondo.

La sigo hacia la cocina sin rechistar, pero deseando decirle cuatro cosas más a Arturo. Me voy a quedar con las ganas.

—Iba a preparar *goxua* pero dice Juancho que no te sienta bien...

—El chocolate es perfecto.

Al cabo de unos minutos regresamos de la cocina con el postre, una cafetera llena y las tazas de café. Cuando entramos en el salón, los hombres están absortos en una conversación y no se dan cuenta de que llegamos, así que aprovecho para estudiar con detenimiento a Arturo. Cuanto más lo miro, más me gusta. Y cuanto más me gusta, más lo odio. Toda una contradicción, pero así es. Odio que me guste porque él no siente lo mismo que yo.

¿O hay una pequeña posibilidad de que sí? No le ha hecho ninguna gracia lo de Santi.

Hoy lleva una camisa a cuadros, como el día que lo conocí, pero en tonos grises con jersey a juego, unos vaqueros oscuros y unas botas. Está guapísimo. A mí siempre me han gustado los chicos con mocasines, pantalones de pinzas y camisas de vestir, pero hay algo en Arturo que hace que me guste se ponga lo que se ponga. ¡Hasta el puñetero mono azul!

Miren está sirviendo los cafés cuando escucho un repiqueteo sobre el tejado.

—¿Otra nevada?

—Parece que es una tormenta —dice Miren, que deja el café para acercarse hasta la ventana a investigar—. Y tiene mala pinta. Será mejor que volváis a casa y dejemos el café para otro día. Si empeora y os pilla de camino... ¡no lo quiero pensar!

—¡Aquí siempre estáis con lluvias o temporales! ¡Cómo echo de menos el calor y el solazo de mi Valencia!

Arturo se pone en pie.

—Miren tiene razón, Claudia. Volveremos en mi coche. La carretera hasta el caserío puede ser peligrosa.

—¡Ni hablar! Puedo llevar mi coche perfec...

—He dicho que no. —Da un golpe sobre la mesa—. Si digo que es peligroso es por algo. La señorita vendrá conmigo, le guste o no. En esto no hay discusión.

Se ha puesto tan serio que no me atrevo a protestar.

—De acuerdo.

—Juan Ignacio, ve recogiendo la mesa y yo acompañaré a la puerta a nuestros amigos.

Resignados, Juancho y yo cumplimos con lo que se nos manda: él se pone a recoger y yo sigo a Arturo hasta el todoterreno. Eso sí, ambos lo hacemos con mala cara y sin decir ni mu.

Arturo está serio y conduce en silencio, pero veo que su expresión se suaviza en un gesto de alivio al ver que ya estamos llegando al caserío. Aparca, sale del coche, coge un paraguas del maletero y, como un perfecto caballero, viene a abrirme la puerta y me acompaña hasta la entrada a casa.

Estoy sorprendida por su actitud, pero agradezco el gesto porque está cayendo una buena.

Abro la puerta y entro. Al darme la vuelta veo que se aleja hacia la granja.

—¿Qué haces?

—Tengo una vaca a punto de parir. Voy a comprobar que todo está en orden y enseguida iré para dentro. No te preocupes.

¿Quién ha dicho que yo me preocupe? Ay, cómo odio que se crea tan importante.

Entro en mi dormitorio y me desvisto deprisa, la calefacción estaba apagada y la lluvia y la humedad han enfriado la casa. Me pongo mi cómodo y abrigado pijama de franela y me asomo a la ventana del caserío a ver si Arturo sigue en la granja. Veo luz a través de las ventanas, así que entiendo que sí. Ha dicho que había una vaca a punto de parir, ¿irá todo bien?

Voy al baño, me desmaquillo y me lavo los dientes, pero no deshago la trenza con la que me he recogido el pelo esta noche. Me acerco de nuevo a la ventana que da a la granja y empiezo a ponerme nerviosa. Ha dicho que no me preocupe... y no es que me preocupe por él, pero ¿y si la cría de la vaca está teniendo algún problema al nacer? Es raro que Arturo no haya vuelto.

La tormenta azota con fuerza las ventanas porque además de la lluvia hay unas intensas rachas de viento que hacen que resulte de lo más tétrica. Me estremezco por el frío, así que voy a poner la calefacción. Cojo una manta y me siento en el sofá. No tengo sueño y no creo que pudiera dormir pensando que Arturo está ahí fuera ayudando a una vaca a dar a luz.

Si no ha regresado es porque pasa algo. Debería ir a ayudarle. Sé que no voy a ser de mucha ayuda. No es que me maree al ver sangre, pero no me hace mucha gracia y de partos... de partos no tengo ni idea, pero si sigo sus órdenes, seguro que en algo podré colaborar.

Que no creo que luego me lo agradezca, pero ese es su problema.

Arturo

No puedo creerme que, justo esta noche, Iñigo esté de boda. ¡Maldita sea! Y, además, menuda noche más desapacible para una celebración.

La vaca lleva ya más de cuatro horas de parto. Me acerqué a verla antes de ir a la cena y se había aislado de las demás, estaba bastante inquieta, sostenía la cola hacia fuera y hacía fuerza. Ese ternero ya debería estar aquí.

Si todo funcionara correctamente, no sería necesario que interviniera, pero no va todo lo bien que a mí me gustaría. ¡Y encima, el veterinario no está! Hay que joderse.

Me acerco a la vaca y compruebo que las patas están asomando. «Menos mal», suspiro. Entonces me fijo en que apuntan al cielo y no a la tierra. Viene de nalgas, ¡mierda! ¿¿Para qué cojones tengo un veterinario si no está cuando lo necesito??

¡Joder! No me vendría mal un poco de ayuda. En ese momento y, como caída del cielo, aparece Claudia. Lleva puestas unas botas de agua y su grueso anorak. Por debajo asoma el pijama de franela que le vi el otro día. No lleva paraguas y el pelo, que sigue recogido en una trenza, le chorrea. Se ha desmaquillado y, aunque estoy seguro de que ella odia verse con ese aspecto, yo creo está más bonita que nunca.

¿Esta es la señorita que va a trabajar todos los días con tacones de aguja y modelitos sacados de una pasarela?

—¿Va todo bien, Arturo?

—No, no va bien —gruño—. El ternero viene de nalgas y está atrancado por los huesos de la cadera. Para rematar, el veterinario no está localizable. Se ha ido de boda y no responde a mis llamadas.

—¿Puedo ayudarte? Si me dices lo que he de hacer, quizá te pueda echar una mano.

Asiento. Es mejor que nada y, además, pensar que ha venido a echar una mano porque sí, sin que nadie se lo pida y en medio de una noche tan desapacible como la de hoy y con lo mal que le he hablado, tiene mucho mérito.

Será mejor que cuide mi tono. A lo mejor me he confundido con ella y no es como yo imagino.

Es mejor. Mucho mejor.

—¡Arturo! —El grito de Claudia me saca de mi ensoñación y me devuelve a la realidad: un parto vacuno complicado.

—Está bien, esto es lo que haremos: ven a ayudarme, vamos a tumbar a la vaca de lado. Es muy tranquila y no hará falta ponerle el cepo para que nos acerquemos a ella y la ayudemos a expulsar el ternero.

Lo hacemos y, una vez que tengo a la vaca en posición voy al grifo que tengo en una esquina de la granja, me quito el jersey y la camisa, quedando en camiseta interior, y me lavo los brazos y las manos desde el hombro hasta abajo. Luego, cojo unos guantes limpios y me los pongo.

—¿Hago lo mismo que tú?

No puedo negar que me encantaría que empezara a quitarse capas de ropa ahora mismo, pero no es necesario, así que contengo mis ganas de decirle que sí y niego con la cabeza.

—Tranquila, voy a hacerlo todo yo, pero me vendrá bien tenerte cerca por si acaso. ¿Puedes acercarme ese lubricante que hay allí? —Lo he olvidado sobre la pila.

Solícita, hace lo que le pido.

Unto los guantes con el lubricante y meto la mano dentro del canal de parto de la vaca.

—Efectivamente, viene de nalgas —me giro hacia Claudia—. Si el parto fuera bien, esta hembra pariría sola y sin ayuda. De hecho, cuando me he acercado a la granja después de dejarte en casa pensaba que ya habría parido porque antes de la cena ya había detectado señales de que estaba de parto.

—¿Sobrevivirá el ternerito?

—Espero que sí —mascullo—, pero si lo salvamos no te encariñes mucho con él, porque dentro de un tiempo lo verás en la carnicería.

—¡Ojalá criases vacas lecheras!

—Lo siento, esto es lo que soy y esto es a lo que me dedico.

—Tienes razón, perdona, es que es tan triste que lo

ayudes a nacer para luego comérnoslo... —Suelta una carcajada—. Anda, no te distraigas por mi culpa.

Le ato las cadenas al ternero y tiró de ellas con cada contracción. Hacia fuera y hacia abajo cuando ella empuja y descanso cuando para. Claudia está a mi lado pero no dice nada. Observa y espera paciente por si necesito algo. Quince minutos más tarde el becerro está casi fuera.

—Trae un poco de agua.

El ternero ya está fuera, ahora debería respirar. Le limpio la nariz con las manos para quitarle todo el líquido amniótico y con un poco de heno le hago cosquillas. Le indico a Claudia que le moje las orejas para que mueva la cabeza.

Suspiro aliviado, el becerro está bien y respira. Sin pensar en lo que estoy haciendo me quito los guantes y me acerco a mi inquilina. En un arranque, la tomo entre mis brazos y la beso. Al principio se echa hacia atrás sorprendida, pero, tras pensarlo mejor, se abraza también a mí y me devuelve el beso. Sabe a menta y a eucalipto.

Despacio, nos separamos.

—Gracias.

—Si no he hecho nada —protesta.

—Has estado a mi lado y eso es más que suficiente. —La cojo de la mano y la acerco a mí—. Vamos a llevarlo a una esquina de la granja donde esté tranquilo y haya paja limpia y dejemos que la madre se acerque al pequeño.

—¿Hemos de irnos? —pregunta.

—Sí, es mejor que los dejemos solos. Ahora ella lo limpiará y empezará a amamantarlo. Si quieres, mañana puedes acercarte a verlo.

—Me gustaría.

La miro extrañado. Nunca hubiera pensado que le gustasen este tipo de cosas. Ella me lee la mente porque al instante me dice:

—No te sorprendas tanto. Odio el campo pero sería una insensible si después de ver nacer a una cría de vaca no me hiciera ilusión venir al día siguiente para ver cómo se encuentra. Deberías saber que a todas las mujeres se nos cae la baba con los bebés.

—Bueno, es tarde, será mejor que vayamos a casa —replico pensando que no a todas les gustan.

Como siempre, yo echándome para atrás después de dar un paso adelante.

Ha dejado de llover y el cielo ha despejado. Por el rabillo del ojo observo como mira las estrellas.

—En la ciudad no se ven muchas, ¿verdad?

—Apenas. Reconozco que poder ver el cielo estrellado es una de las cosas que echaré en falta cuando consiga volver.

Esta afirmación me deja pensando. En cuanto pueda, Claudia se largará y regresará a su adorada ciudad. Puede que yo le guste pero odia esto. He hecho bien en mantenerme alejado.

—Aunque no creo que eso suceda hasta dentro de dos años —continúa.

¿Dos años? ¿Es tiempo suficiente para hacerla cambiar de opinión? Por lo pronto, voy a dejar de ser un capullo integral. Después de lo que ha hecho hoy se merece, por lo menos, que la invite a cenar.

Venga, Arturito, lánzate.

—¿Tienes planes para mañana por la noche?

Capítulo 10

Claudia

¡Menuda mierda! He vaciado casi la totalidad del contenido de mi armario sobre la cama y... ¡no tengo nada que ponerme!

Dios, ¿cuántas veces en mi vida habré repetido esta frase? ¡Pero es cierta! Casi el cien por cien de la ropa que tengo en el armario es demasiado arreglada para la cita de esta noche. Ayer ya me puse uno de mis pocos looks informales y no voy a repetirlo, pero tampoco quiero ir demasiado puesta.

Arturo va a llevarme de sidrerías a modo de agradecimiento por haber estado a su lado ayer por la noche. ¡Ojalá me lo agradeciese de otra forma!

No sé por qué me he encaprichado con él de esta manera, pero es que no puedo evitarlo. Solo de pensar en su sonrisa me tiemblan las piernas.

Anoche me besó. Sí, sé que fue un beso fugaz propiciado por los nervios y el estrés de la noche. Puede que no significara nada para él, aunque tengo la esperanza de que esas estúpidas barreras que ha levantado contra mí hayan empezado a caer. ¿Habré conseguido resquebrajarlas un poquito?

Si yo puedo ver en él lo que hay detrás de su fachada de chico rural, ¿por qué no puede hacer él lo mismo y ver más allá de mi aspecto de pija?

Suspiro. Miro el montón de ropa y me decido por un conjunto cómodo y abrigado, que ya sé cómo son las noches aquí... Más vale que prevalezca mi vena práctica sobre mi vena coqueta. Al final, me decido por unas botas negras altas que combino con unos leggins rosa palo y un grueso jersey de cuello alto gris oscuro.

Me pongo delante del espejo y admiro mi imagen. No está mal. Hubiera preferido un vestidito negro y unos tacones, pero mejor en otra ocasión.

Oigo que alguien golpea a la puerta con los nudillos y, al pensar en Arturo al otro lado, recuerdo cómo aporreó la puerta de casa el día de mi ducha extra larga. Sonrío y cruzo los dedos esperando que hoy esté de mejor humor.

Me acerco a paso ligero y le abro la puerta. Lo primero que pienso es: «Qué bien huele». Una mezcla de aftershave y colonia que debe ser Armani. Adoro esa colonia. Tiene un olor tan varonil... Vaya con el hombre de campo, ¡a ver si va a resultar más pijo que yo!

—¿Qué pasa? —pregunta extrañado por mi expresión.

—Eso que te has puesto, ¿es Emporio?

Asiente confuso y pregunta:

—¿No te gusta?

No puedo responderle lo que me pasa por la cabeza: me pone. Me pone un montón. Si un hombre lleva esa colonia me vuelve loca. ¡Lo que me faltaba! Es como si una cuerda invisible me atrajera poco a poco hacia él. Solo quiero acercarme a su cuello, perderme en ese aroma...

—¿Claudia? ¿Tienes algún problema con la colonia?
—Pobre, no entiende nada. No sabe el efecto que ese olor provoca en mí. Se rasca la cabeza, extrañado—. Pensé que te gustaría...

Lo miro de arriba abajo. Se ha puesto botas y unos chinos y, aunque sigue su pauta habitual de llevar una camisa a cuadros, se nota que se ha esmerado con el conjunto. Y, lo que es más, ha acertado. Está guapo. Muy guapo.

Y ese olor... Se me está metiendo en la cabeza y no me deja pensar.

—Me encanta, Arturo. ¿Nos vamos ya? —Quizás, si aspiro el olor a hierba mojada que hay fuera, esta colonia salga de mi cabeza y pueda empezar a pensar con claridad.

Nos subimos al coche y Arturo conduce en silencio por la carreterita llena de curvas que cruza valles y bosques de hayedos hasta que llegamos a un caserío en el pueblo de Saldías.

—¿Has ido alguna vez de sidrerías?
—No —replico mientras lo sigo al interior del local.
—Como ves, hay un montón de mesas alargadas con banco, la gente se sienta junta, conforme va llegando, y todo el mundo toma el mismo menú.
—Dios, aquí todo lo solucionáis con comida, ¿no? He perdido la cuenta de lo que he engordado en las dos semanas que llevo aquí.
—Yo creo que estás preciosa.

No puedo evitar sonrojarme ante esa afirmación. Deseo fervientemente gustarle a Arturo y, aunque creo que es así, tiene que dejar a un lado sus recelos conmigo para dejarse llevar. Por eso me gusta escucharle decir eso.

Nos sentamos en un banco que todavía está vacío en busca de algo de intimidad.

—El menú es el siguiente: tortilla de bacalao, de segundo sirven chuleta de buey acompañada de ensalada y, de postre, queso con membrillo y nueces. ¿Cómo lo ves?

—Me encanta. A excepción del membrillo. Me lo daban para merendar en el colegio y lo odiaba.

—Y, ahora, cuando nos sirvan el primero, nos vamos a levantar e iremos a por sidra.

—Vale.

—¿Ves esa zona con los barriles y el serrín en el suelo?

Asiento con la cabeza a la espera de que me siga explicando.

—La gente va a ir abriendo barriles y saldrá un chorro de sidra. Te pones a la cola y, cuando uno termine de llenar su vaso, ¡zas!, colocas el tuyo antes de que el líquido se derrame en el suelo.

No parece muy complicado, pero tampoco me apetece hacer el ridículo y yo soy poco hábil en estas cosas.

—Conforme se termina un barril se abre otro y otro...

—Y si dejo caer un chorro de sidra, ¿qué pasa?

—Nada, mujer, ¿qué va a pasar? ¿Para qué crees que está el serrín en el suelo? Aquí la gente es muy hábil, pero cuando los niveles de alcohol en sangre aumentan, todo el mundo tiende a ser un poquito más torpe. ¿Te animas, chica de ciudad?

—Vamos —digo al tiempo que me pongo en pie.

Arturo y yo nos colocamos detrás de uno de los barriles en los que la gente está llenando sus vasos.

—Llenaré el mío primero y así te avisaré cuando vaya a quitar mi vaso para que estés preparada para poner el tuyo, ¿de acuerdo?

Uno tras otro, el resto de clientes va llenando sus vasos y yo me pongo nerviosa al ver que cada vez falta menos para mi turno. Antes de que me dé cuenta, Arturo está llenando su vaso y grita:

—¡Tu turno!

Con una habilidad que me sorprende a mí misma, coloco el vaso debajo del chorro sin dejar caer ni una gotita de esta bebida fabricada con zumo fermentado de manzana.

—¡Victoria! —chillo eufórica por haberlo conseguido.

Arturo y yo brindamos y regresamos a la mesa, donde charlamos animadamente olvidándonos de los altibajos que ha tenido nuestra relación desde que nos conocimos. Supongo que es normal. Hay demasiada tensión sexual entre nosotros y también un rechazo a estar con la otra persona por no ser como nos gustaría, y eso ha hecho que pasemos del amor al odio en segundos.

A lo lejos vemos que entra Juancho en la sidrería.

—¡Únete a nosotros! —decimos alegres.

Juancho se acerca contento.

—Hoy vengo con el beneplácito de la señora —comenta ufano—. Está cenando con sus amigas y, como va a disfrutar destripándome y poniéndome a parir, me ha dado permiso para salir con los amigotes.

—¿No estás un poco mayor para estos trotes, Juancho? —inquiere Arturo, divertido—. Mira que ya no eres ningún crío... ¡que en nada te jubilas!

—Antes muerto que vivir sin diversión —replica solemne.

—No sé cómo te casaste con alguien como Miren si esa es tu visión de la vida.

—Arturo, no seas así, a mí Miren me pareció un encanto —digo yo.

—¡Ay! Es todo ordeno y mando —se lamenta Juancho—. Solo sabe dar órdenes y reñirme. Yo creo que ya no sabe ni por qué me quiere.

—¿Por eso sales todas las noches por ahí? —le pregunto.

—Las que consigo escabullirme de sus garras, que por desgracia no son todas.

—Bueno, venga, menos lamentos y más sidra. ¿Otra rondita, chicos?

Los tres nos levantamos, olvidamos la cena y, divertidos, nos lanzamos a una y otra ronda de sidra.

Una hora después empiezo a verlo todo borroso.

—Creía que la sidra tenía una graduación de alcohol muy baja...

Arturo me sostiene entre sus brazos porque todo me da vueltas.

—La tiene, pero has debido de beberte por lo menos un barril y apenas has cenado.

—¡Juancho también y está como una rosa!

—Tiene experiencia. Anda, vámonos a casa.

Nos despedimos de mi director, que se queda con sus amigos, y salimos de la sidrería. Mi cabeza agradece la llovizna y el frío.

—Es que tú también... ¡menuda cita me has preparado! —protesto mientras subo al coche—. Tendrías que haberme llevado a un restaurante fino a cenar y luego a tomar un gin-tonic a algún local con zona chill out.

—Sabes que no vas a tener eso conmigo, Claudia. Esos sitios no me van nada. Y menos la gente que hay en ellos.

—Lo sé.

—¿Y te importa?

Niego con la cabeza. Estoy mareada y me cuesta hablar. Arturo pone el coche en marcha y se gira hacia mí. Me habla muy serio:

—Claudia, yo no busco a alguien perfecto, solo a alguien que me quiera tal y como soy.

—Pues entonces, deja de buscar —musito antes de apoyar la cabeza contra la ventanilla y quedarme dormida.

Veinte minutos más tarde llegamos al caserío y al bajar del coche, de pronto, me siento mucho más animada y le pregunto lanzada:

—¿En tu casa o en la mía?

Arturo me observa divertido.

—En la tuya. Así te dejaré la oportunidad de que seas tú la que me aparte de su lado esta vez.

—Yo no haría eso.

—Es cierto —me guiña un ojo mientras entramos en casa—, tú solo me tirarías de tu casa si te riñera por subir la calefacción o por gastar demasiada agua.

—Tenía frío.

—Lo sé. Al menos, es una excusa.

—Cierto. Tú no tenías ningún motivo para tratarme como lo hiciste —alego.

—Tienes razón.

—Entonces, ¿por qué?

Se lo piensa un segundo:

—Tenía miedo. La última vez me hicieron daño. Creí que lo mejor sería alejarme de ti.

—¡Qué gran error!

—Sí. Está visto que estoy mejor a tu lado.

—Pero más cerca.

Se acerca a mí por detrás y me abraza, pasándome los brazos por la cintura.

—¿Así?

—No. Todavía estás lejos.

—¿Qué tal así? —pregunta mientras pega su cuerpo a mi espalda.

—Te quiero dentro —le pido.

—Está bien —replica, presionando su miembro contra mi trasero.

—Está mejor pero no es suficiente...

Arturo me da la vuelta y empieza a desvestirme despacio, muy despacio. Demasiado despacio. Quiere hacerme sufrir.

—Date prisa —le apremio.

—Shhh —me acalla poniéndome el dedo en la boca—. No hay por qué apresurarse.

Ah... esto... pues, ¿cómo explicárselo?

—Arturo, no puedo más. Deja los preliminares para otra ocasión. —Él se entretiene besándome el lóbulo de la oreja, pero yo insisto—. En serio, están sobrevalorados.

Al fin, accede a mis peticiones y, tras desnudarse con rapidez, me coge en volandas y me lleva a la cama, donde me deja caer con suavidad para tumbarse sobre mí y penetrarme de golpe.

—Ah...

—¿Qué tal así? —gime con voz ronca—. ¿Es esto lo que querías?

—Es... perfecto —logro responder.

Arturo y yo nos movemos al unísono y compruebo que lo del otro día no fue un caso aislado: nos compenetramos a la perfección.

Cierro los ojos y me dejo llevar por el placer que recorre mi cuerpo.

«Puede que la vida en el campo no esté tan mal».

Arturo

—Claudia, despierta.

Son las ocho de la mañana y, aunque lo que me gustaría sería quedarme con mi preciosa inquilina en la cama, el destino parece tener otros planes para mí.

—¿Qué pasa? —inquiere entre bostezos.

Joder, es que es guapa hasta recién levantada. Con el pelo revuelto, sin una pizca de maquillaje y en ropa interior. Anoche el calor inundó la habitación, así que el pijama de franela se quedó en el armario.

—Acaba de llamar Miren —explico—. Al parecer, Juancho no ha vuelto a casa y, por lo que cuentan los últimos amigos que lo vieron salir de la sidrería, parece ser que se metió por el monte.

—¿Cómo?

—Se ve que iban todos igual de borrachos que él y no se atrevieron a seguirlo. Miren lleva una hora contactando con ellos y es lo único que ha averiguado.

—¿Crees que puede haberle pasado algo? —murmura asustada.

Se nota que le ha cogido cariño al viejo pese a llevar

solo unas semanas con él, pero bueno, también me lo ha cogido a mí en el mismo tiempo.

—Espero que simplemente se haya quedado dormido en alguna parte. No sería la primera vez. Hace poco apareció dormido en la granja.

—Dios, a este hombre hay que llevarlo a alcohólicos anónimos.

—A veces no es tanto por lo que ha bebido como por el miedo que tiene de la bronca que le va a caer.

—Miren no es tan mala —protesta.

—Sea como sea, me voy a buscarlo ahora mismo —le digo—. Conozco bastante bien la zona.

—¿No deberíais avisar a la guardia forestal? ¿A Protección Civil? ¿A alguien?

—Miren prefiere que vaya yo a buscarlo. No quiere jugársela a que nos cobren los de Protección Civil. Ahora te crujen por los rescates en montaña de gente que no ha atendido a las alertas meteorológicas, por adentrarse en zonas prohibidas o por no ir equipado de acuerdo a la actividad que se realiza.

—Desde luego, Juancho no iba equipado.

—No. Y quién sabe dónde se habrá metido.

Le doy un beso en los labios a Claudia, que se queda en la cama, y maldigo al imbécil de Juancho por estropear mi primera mañana con ella. Con lo que me gustan a mí los polvos mañaneros... ¡Cuando lo encuentre se va a enterar!

—¿Estarás bien?

Me fastidia separarme de ella, pero me encanta ver que se preocupa de verdad por mí. No hay más que ver el miedo en sus ojos.

—Tranquila. Yo he hecho escalada y esto no es más que un poco de senderismo. Cuando vuelva, te contaré mi aventura subiendo el Aconcagua.

Me pongo un pantalón cómodo, unas botas de montaña, un forro polar y el cortavientos, y me dispongo a salir.

—Arturo, ¿esto no es una imprudencia?

—No seas miedica, mujer. A la hora de comer estaré de vuelta seguro. Lo que tarde en localizarlo, pero no te angusties, que conozco estos montes como la palma de mi mano.

—De acuerdo —acepta—. Te doy hasta mediodía. Si a esa hora no has regresado, hablaré con Miren y avisaremos a Protección Civil.

—Hecho.

—No voy a perder en el mismo día al director de mi oficina y a mi... a mi... ¿casero? —exclama sin saber muy bien con qué palabra describirme.

—Ya le buscaremos un nombre a esto luego. Tengo que irme.

Me gusta ver cómo para Claudia lo de anoche ha sido algo más. Para mí también. Me jode pensar que si la semana pasada yo no me hubiera comportado como un capullo nos habríamos ahorrado una semana de estar separados. Me habría ahorrado una semana de sufrimiento. Una semana tratando de estar alejado de alguien a quien quiero tener a mi lado. Puede que Claudia no sea el tipo de mujer que yo hubiera deseado para mí, pero es la mujer que quiero.

¿Que solo hace quince días que nos conocemos? Sí. Pero a veces conoces a gente durante mucho más tiempo para darte luego cuenta de que no son como pensabas. En cambio, ella es transparente. Me dice lo que le gusta y lo que no, es sincera en cuanto a que no le gustan ni el campo ni mi vida y, aun así, lo acepta para estar conmigo.

Yo todavía estoy sorprendido con los sentimientos que despierta en mí, pero ya no voy a apartarla de mi lado.

Me dirijo al frondoso bosque de hayedos que hay junto a la sidrería a la que fuimos la noche anterior con todos estos pensamientos bulléndome en la cabeza y con una sonrisa de tonto en la cara. Ese es el efecto que Claudia provoca en mí.

Bueno, esto va a ser fácil. Con seguir el sendero será más que suficiente. Me juego el cuello a que Juancho se ha quedado dormido bajo un árbol. ¿A cuento de qué se le antojaría meterse en el monte?

Camino, camino y sigo caminando. No hay rastro del director del banco por ninguna parte. Estoy ya bastante metido en el bosque y me cuesta creer que, en el estado en el que debió salir de la sidrería, haya llegado tan lejos, pero como me niego a pensar que se haya desviado de la ruta, no me detengo.

Quince minutos más tarde empieza a llover y Juancho sin aparecer. ¡Se va a enterar cuando lo pille!

Empapado de pies a cabeza y con una mala hostia que crece por momentos, avanzo sin parar hasta que lo veo: tumbado sobre una gruesa piedra que hay debajo de un haya. Joder, está diluviando y este tío durmiendo tan pancho sin enterarse. ¡Menuda cogorza debe llevar!

Me acerco a él y lo zarandeo; ¿cómo puede dormir con la que cae?

—¡Despierta, Juancho! ¡No me jodas!

Abre los ojos y me mira sorprendido.

—¿Qué hacemos aquí?

—Ay, Juancho, si yo te contara... Pero mira, me tienes tan calentito que voy a dejar que te lo cuente tu mujer.

—¿Mi mujer?

—Sí, la misma a la que le diste el sí quiero en la parroquia de Arrarats hace ya unos cuantos años. A ver si se te mete en la mollera que no puedes salir a beber todos los días. —Lo cojo de un brazo y lo levanto—. Nos vamos para casa, y espero que hoy te caiga una buena porque te la mereces. Y que sepas que si fuera por mí, ibas de aquí a una clínica de desintoxicación seguro.

—Pero...

—Ni peros ni nada, Juan Ignacio —murmuro cabreado—. Esto ya se pasa de castaño oscuro. ¿A santo de qué te metiste en el bosque?

Agacha la cabeza y calla.

—Por algo sería.

—Quería coger hongos.

—¿Hongos? ¿Pero tú te has vuelto loco o qué? Faltan meses para que empiece la temporada.

Juancho permanece cabizbajo.

—En realidad, alguien dijo que vio una seta, yo fui a buscarla y, cuando quise darme cuenta, me había perdido. Así que me senté aquí a esperar que alguien viniera a buscarme. Y, ¡así ha sido! —exclama eufórico.

—Está bien, está bien. —No sirve de nada discutir con él. Lo mejor será regresar cuanto antes.

Me giro para volver hacia el camino y me doy cuenta de que junto con el chaparrón que nos acompaña ha llegado una espesa niebla que ha comenzado a cubrirlo todo. Tanto que casi no veo a Juancho y lo tengo frente a mí. Tanto, que ya no se ve el sendero.

¡Ahora sí que la hemos hecho buena!

En un último y desesperado intento porque salgamos del bosque, me lanzo a buscar el camino por pura orientación. Agarro a Juancho de la mano y él me sigue sin protestar. Creo que el pobre ni se atreve. A los pocos minutos soy consciente de que mi orientación ha sido nula, porque estoy convencido de que hemos ido justo en dirección contraria.

Menuda cagada. Ahora sí que estamos perdidos de verdad.

Me percato de que nos hemos topado con algo. Tras palpar un rato me doy cuenta de que es la propia montaña y, entonces, como un regalo caído del cielo, veo la entrada a una pequeña cueva.

Entramos y nos sentamos. Al menos estaremos guarecidos de la lluvia. Utilizo el móvil para iluminarnos: es una gruta preciosa, llena de estalactitas en el techo. Ojalá pudiera usarlo también para llamar, pero la cobertura escasea por aquí. Por no hablar de que voy a quedarme sin batería.

—Pues nada, amigo, ahora no nos queda otra que quedarnos quietecitos aquí y rezar para que nos encuentren —digo—. Y te aviso, cuando nos encuentren: ¡nos va a caer la del pulpo!

Ya solo nos falta que aparezcan las brujas de Zugarramurdi.

Capítulo 11

Claudia

A la hora de comer, a la hora de comer... son las cuatro de la tarde, ¡eso se considera, por lo menos, la hora del café! A Arturo le ha pasado algo. Se ha ido bien temprano esta mañana, son demasiadas horas en la montaña, le ha pasado algo, seguro. No puedo creerlo, perdido en medio de la montaña.

Me llevo las manos a la cabeza y empiezo a dar vueltas, nerviosa, por la habitación. ¡Con la que está cayendo!

Descuelgo el teléfono, hay que ponerle solución a esto antes de que pase una desgracia.

—¡Miren! Llama ya a Protección Civil.

—¿Claudia? Creí que iba a ir Arturo a buscar a mi marido.

—Eso ha hecho. Por eso mismo hay que alertar ya a Protección Civil.

—Mujer, si tu ganadero ha ido a buscar a Juan Ignacio ni hay de qué preocuparse.

Empiezo a irritarme.

—Arturo ha salido temprano esta mañana y no ha vuelto. Diluvia y hay una niebla espesa. ¿Qué más necesitas para que demos la alarma?

—Pero ahora cobran...

—¡Por Dios, Miren! —la interrumpo—. ¿Es que no tienes miedo de que le haya pasado algo a tu marido?

No contesta.

—Porque yo sí tengo miedo de que le haya pasado algo a Arturo. Puede que solo haga un par de semanas que lo conozco, pero me gusta y quiero seguir teniendo muchas semanas más para conocerlo. ¡Me niego a perderlo ahora! ¡Y menos por vuestra imprudencia! Si no avisas tú, avisaré yo.

La escucho gimotear, asustada al otro lado del teléfono.

—Yo... yo también tengo miedo... ¡Ay, mi pobre Juancho! Si sale de esta me lo llevo de viaje a que recuperemos el amor. ¡Lo juro! Lo quiero mucho. Sé que no se lo demuestro y que no paro de darle órdenes, pero es que se pasa la vida huyendo de mí.

Pobres, se han ahogado en la rutina y ahora no saben cómo salir. La única vía de escape de Juancho son sus salidas a la sidrería, y eso está desembocando en un problema con el alcohol que si sigue así se convertirá en algo serio.

—Eso es lo que tienes que hacer. Tanta bebida no es buena.

—¡Ay, ay, ay! —se sigue lamentando—. Voy a dar aviso ahora mismo.

—Gracias. —Suspiro aliviada.

—Vente a mi casa y los esperamos juntas, ¿quieres?

Aunque estoy molesta con ella porque si hubiera hecho las cosas como tocaban desde el principio Arturo no estaría en esta situación, en el fondo me da lástima, así que acepto. Además, si sigo sola en casa voy a ponerme todavía más histérica conforme pase el rato.

Unas horas más tarde estoy sentada frente a la chimenea del caserío de los Oquiñena con una taza caliente de tila en la mano y mucho, mucho más tranquila. Estos son los efectos de la infusión y del Valium que me he tomado.

Porque, desde luego, noticias que nos tranquilicen no hay ni una. Miren y yo llevamos toda la tarde esperando y ¡nadie nos dice nada!

Después de que Miren diera la alerta a emergencias, un dispositivo ha salido en su búsqueda. Nos han dicho que seamos optimistas, que lo más probable es que simplemente estén extraviados y no encuentren el camino de vuelta. Aunque eso sí, la niebla es espesa y si el clima empeora dejarán la búsqueda para mañana.

Miren dice que no hay por qué ponerse en lo peor.

Sin embargo, yo no puedo evitarlo.

Toda clase de desgracias pasan por mi cabeza. No puedo creer que ahora, cuando parecía que Arturo y yo íbamos a empezar algo... No, no quiero ni decir las palabras. No quiero ni imaginarlo.

Miren, que parecía mucho más calmada esta mañana, también ha empezado a intranquilizarse. Está acostumbrada a que Juancho desaparezca y se meta en líos, pero la mala climatología ha empezado a asustarla y no puede parar quieta.

Mientras yo permanezco sentada y dejo que la procesión vaya por dentro, ella está de pie, recorriendo el salón de arriba abajo una y otra vez, y hablando consigo misma. «Ay, mi Juancho... mi Juancho con lo que yo te quiero», la escucho decir entre dientes.

Ya podía quererlo menos y tratarlo un poquito mejor. Así el hombre no tendría esa manía persecutoria de salir todas las noches y beber como un cosaco y hoy nos habríamos ahorrado el disgusto.

Pero Miren sigue dando vueltas, cada vez más nerviosa. «Ay, mi Juancho, como termines como el cura de Arrarats...», la oigo decir.

—¿De qué hablas? —pregunto alarmada.

—Esta Navidad el cura se adentró en el bosque a coger musgo para montar el Belén —lloriquea la mujer del director—, se perdió porque lo sorprendió la niebla y... —Un repentino llanto ahoga las palabras de Miren.

—¿Qué le pasó al cura?

—Cuando lo encontraron, unos días después, ya era tarde. Nunca montó ese Belén.

Escuchar que hace tan solo unos meses alguien murió por una imprudencia muy parecida a la que han cometido Arturo y Juancho enciende en mí todas las alarmas. Ahora ya no me calma ni un Valium.

Las horas pasan lentas y, a las ocho de la tarde, cuando ya empezamos a desesperar, suena el teléfono.

—¿Dígame?

A Miren le tiemblan las manos al descolgar, como si presintiera que van a comunicarle una tragedia.

—¡Ay, ay, ay, Dios mío! —la oigo decir antes de colgar el teléfono.

Miren se ha quedado blanca y sin habla; no dice nada. ¿Qué desgracia ha pasado?

—¡Los han encontrado! —exclama alborozada cuando consigue recuperar la voz.

—¡Te mato, Miren! ¡Pues no parecía por tu cara y tus comentarios que se habían muerto por lo menos! ¡Menudo susto me has dado!

—Lo siento, hija, es que he sentido tanto alivio al recibir la noticia que me he quedado muda.

Más relajadas, nos sentamos de nuevo en el sofá. Por lo visto, estaban en una pequeña gruta no lejos del sendero principal. Miren y yo esperamos a que los traigan a casa. Ahora que sabemos que están sanos y salvos, la mujer de mi director se permite el capricho de cotillear sobre mi relación con Arturo.

—Creí que la otra noche dijiste algo de un tal Santi. Un amigo tuyo de Valencia.

Asiento.

—Pero, amigo, ¿cómo de amigo?

—Santi era un amigo con derecho a roce. Un follamigo, como dicen ahora.

—¡Jesús, María y José! —Miren se lleva las manos a la boca, escandalizada por la palabra que utilizo—. Y Arturo, ¿qué es?

—Todavía no lo sé. Me gustaría que fuera algo más. Es especial, es diferente. Es el típico hombre con el que nunca hubiera salido y, sin embargo, no puedo dejar de pensar en él a todas horas.

—Yo tampoco puedo dejar de pensar en ti, chica de asfalto. —La voz, aunque afónica y ronca, es, inconfundiblemente, la de mi casero, la de mi chico del norte.

Me pongo en pie de un salto, corro hacia él y lo abrazo con fuerza.

—No sabes qué miedo he pasado —susurro con la cabeza escondida en su cuello.

Él me estrecha entre sus brazos y me acaricia el cabello.

—Tranquila, ya ha pasado todo.

—Me dijiste que estarías de vuelta a la hora de comer.

—Lo siento, cariño, la puntualidad no es una de mis virtudes.

Levanto la cabeza y veo el brillo en sus ojos. Está feliz y con ganas de guasa. Le golpeo el pecho con los puños a modo de riña.

—No se te ocurra bromear con esto. Tuve miedo de verdad de que os hubiera pasado algo o de que no lograran encontraros. La montaña puede ser peligrosa.

Miren prepara chocolate caliente para que entren en calor y, cuando Arturo se lo toma, nos vamos de allí. Juancho y Miren tienen mucho de qué hablar si quieren solucionar sus problemas, por lo que lo mejor que podemos hacer es dejarlos solos.

Además, están empapados y no quiero que Arturo coja una pulmonía. Hay que ir a casa para que se cambie cuanto antes de ropa.

Salimos del caserío y, cuando veo que Arturo abre el coche y va directo al asiento del conductor, niego con la cabeza, le quito las llaves y lo mando al asiento del copiloto.

—No estás en condiciones. Estás agotado y no creo que puedas ni ver con claridad. Ya conduzco yo.

—¿Pero tú has conducido alguna vez un todoterreno? ¿Y por carreteritas como esta?

—Mira, no voy a negarte que estoy acostumbrada a coches pequeños y a moverme por ciudad o por autovías...

En cualquier caso, tú no vas a coger ahora el coche, así que siéntate y cállate si no quieres que me enfade.

—Está bien. —Suspira—. Prométeme que irás despacio. Odio estas carreteras cuando llueve, son muy traicioneras.

—Desde luego, no tienes miedo a adentrarte en el monte con el día que hacía hoy, pero resulta que el coche te da respeto.

—Malas experiencias, supongo —replica encogiéndose de hombros.

No sé de qué habla, pero por hoy ya hemos tenido suficientes problemas. Mañana será otro día.

Arturo

Me despierto empapado en sudor e instintivamente me llevo la mano a la frente; ¿tendré fiebre? No, no parece... La hostia. ¿Cuántas mantas tengo encima? El peso de las mantas sobre mi cuerpo es insoportable.

Me giro y veo que Claudia está dormida a mi lado. Una sonrisa aparece en mi cara. Esto del calor debe ser cosa suya. ¡Cómo no!

Sigiloso, me levanto y me acerco a bajar el termostato. Joder, ¡a veinticinco grados! No tiene remedio. Lo mejor de todo es que lo habrá hecho por mí y por el frío que cogí ayer.

Yo me encuentro de lujo. Es verdad que ayer pasé algo de miedo en la montaña, cuando pasaban las horas y no nos encontraban, pero para un montañero experimentado como yo tampoco fue para tanto.

Lo que más me jode es que se supone que ayer iba a ser nuestro primer día juntos y lo estropeé. Por no hablar del susto que le di.

Bueno, todavía podemos ponerle solución.

Miro el reloj y compruebo que son las siete de la mañana. ¡Magnífico! Regreso a la cama y me meto dentro con la firme intención de despertar a mi chica de ciudad. Por lo visto, anoche llegué tan agotado que lo único que hice fue ponerme el pijama y dormirme.

Me abrazo a ella y compruebo que lo que lleva puesto es una camisa de manga larga mía y unos gruesos calcetines. Está preciosa. Le paso la pierna por encima de las suyas. ¡Qué suaves!

Claudia se da la vuelta, esconde la cabeza bajo las sábanas y gruñe.

—¿Qué hora es?

—Las siete.

—Es domingo. Odio madrugar en festivo. ¿Por qué me haces esto? —murmura cerrando los ojos y acurrucándose de nuevo.

—Lo siento. Siempre me levanto temprano. Y no he podido resistirme a tus suaves y torneadas piernas.

Entreabre los ojos y sonríe. Esto que he dicho le ha gustado. De hecho, ha debido gustarle bastante porque, de pronto, mi camisa sale por los aires y los gruesos calcetines se pierden entre las mantas igual que el resto de su ropa interior. Claudia, desnuda por completo, se tumba sobre mí y me besa lentamente.

¡Joder! Si hace esto levantándose de mal humor no me quiero imaginar lo que hará cuando la deje dormir hasta las once.

Me quita la camiseta del pijama al tiempo que yo me deshago del pantalón y me entretengo en acariciar sus pechos. Claudia, todavía adormilada, deja escapar un gemido que me pone a mil.

Continúo acariciándole el pecho con una mano mientras dirijo la otra hacia esa parte de su cuerpo que sé que la va a hacer retorcerse de placer.

Claudia gime de nuevo y se revuelve sobre mí. Nuestras lenguas se mueven al compás y sus labios saborean una y otra vez los míos.

—Si llego a saber que ibas a despertarme así no me habría quejado.

Satisfecho por su afirmación, continúo acariciándola, más rápido cada vez. Está muy húmeda, pero quiero que lo esté todavía más cuando me hunda en ella.

—Arturo...

—No me jodas con lo de los preliminares, Claudia. Es pronto, tenemos tiempo y voy a disfrutar de ti.

—Pero...

—Calla y disfruta. Deja que los hombres de campo hagamos el trabajo sucio.

Le doy la vuelta y la dejo tumbada boca abajo. Uf, ahora tengo dudas de ser yo el que aguante, la visión que tengo delante es demasiado maravillosa.

Me acerco a ella y la penetro despacio mientras sigo acariciándola con una mano. Joder, qué bueno.

La cojo por la espalda con la mano que tengo libre para sentirla más dentro mientras nuestros cuerpos se mueven buscando convertirse en uno. Noto cómo todos los músculos de Claudia se tensan a mi alrededor y, yo, que tampoco puedo aguantarlo más, me dejo ir también.

Ella se deja caer sobre la cama y cierra los ojos. Yo me tumbo a su lado y le paso un brazo por encima de la espalda.

—Ahora sí que necesito descansar un ratito más —suplica.

—Está bien, pero luego saldremos por ahí.

Le doy un beso en la sien y le acaricio el pelo. Dos segundos más tarde vuelve a dormirse con placidez.

A las once de la mañana, tras casi una hora encerrada en el baño, Claudia por fin está lista y, por fin, nos ponemos en marcha.

—Joder, de verdad que es increíble lo que tardáis las mujeres en arreglaros.

—Si yo solo tuviera que afeitarme y ducharme también sería rápida. Prueba un día a depilarte las cejas, limpiarte la cara con leche limpiadora y tónico, cepillarte los dientes, ducharte y lavarte el pelo con champú y acondicionador, untarte el cuerpo de crema hidratante, ponerte crema en la cara, secarte el pelo y planchártelo, maquillarte... ¿Cuánto quieres que tarde? Yo creo que he sido hasta rápida.

Lo dice con un convencimiento que parece que se lo crea y todo. Bah, ¡mujeres!

—Pues yo te veía guapa con la cara lavada...

—Sí, y con el pelo revuelto. —Sonríe—. Pero prefiero ir así fuera de casa.

Salimos y comprobamos que la lluvia de estos días ha escampado y que el cielo luce azul. Hace frío, sí, eso es inevitable, pero brilla el sol.

Claudia cierra los ojos y deja que los rayos acaricien su rostro.

—Mmm...

—¿Echas de menos el sol?

—No voy a negarlo. En Valencia es raro el día que está nublado y en cambio aquí... ¡casi no recordaba lo que era ver un cielo despejado!

—¿Qué más echas de menos?

—El mar —responde sin titubear, y yo me felicito a mí mismo por la excursión que he preparado para hoy. Voy a dar en el clavo.

Nos subimos en el coche y emprendemos la marcha. De reojo observo que Claudia disfruta del paisaje y me digo que, en el fondo, esto no le disgusta tanto. ¿Quién podría no apreciar la belleza de un lugar como este?

Una hora y cuarto más tarde llegamos a San Juan de Luz.

—¡Bienvenida a Francia, *mon amour*!

—¿En serio? —me mira ilusionada.

—*Oui, nous sommes à France*.

—¿Hablas francés?

—Hay muchas cosas que todavía no sabes de mí. —No hay necesidad de que lo sepa todo aún. Quiero que me vaya conociendo poco a poco.

—Al final vas a tener razón con lo del huevo Kinder. Eres una auténtica caja de sorpresas.

Sonrío satisfecho al ver que le gusta.

—Bueno, venga, vamos, que hoy vamos a pasar el día en la costa.

Aparcamos el coche y nos dirigimos al centro de la localidad mientras ejerzo de guía.

—Estamos en el País Vasco francés. San Juan de Luz es una localidad de veraneo, menos ajetreada que Biarritz, de ambiente más relajado. Supongo que por eso me gusta más.

—¿Tú vienes mucho por aquí?

—Ya te comenté que me gustan los deportes con cierto riesgo y, además de la escalada, practico el surf. Como comprenderás, en Navarra eso me resulta imposible, así que cojo la carretera de la costa desde Zarautz y me sumerjo en la «ruta surfer». Imprescindibles Capbreton y Hossegor.

—Joder con el chico rural... Me parece a mí que me tienes engañada. Pero... —me parece que pone cara de susto—, ¿vas a llevarme a hacer surf?

—Pues... —¡Como no se me había ocurrido, es una idea genial!—, primero vamos a pasear un rato por el casco antiguo. Te gustará. Después almorzaremos y ya veremos lo que pasa esta tarde.

Recorremos la rue Gambetta, la arteria principal, una calle llena de tiendas y, aunque es festivo, es un lugar tan turístico que todo está abierto. Aquí Claudia disfruta como loca comprando productos locales, chocolate, ropa y zapatos. ¡Hasta servilletas y manteles de algodón y lino de la llamada Linge Basque!

—Son preciosas estas coloridas telas a rayas —exclama.

—¡Por Dios! Deja de comprar ya. No he visto a nadie sacar la Visa tan rápido de la cartera.

—Ya he terminado —afirma.

—¡Toma, claro! Si no te ha quedado un producto por cargar.

—No te enfurruñes tanto —dice mimosa—. ¿Vamos a comer?

Nos acercamos hasta la plaza Luis XIV, que se encuentra justo a nuestra izquierda. Es un lugar repleto de restaurantes y cafeterías de estilo francés. En verano está lleno de pintores y artesanos que estoy seguro de que le hubieran encantado, pero es lo que tiene el invierno, todo está mucho, mucho más tranquilo. Paseamos un rato más y, al final, nos dirigimos a una callecita de las que dan al paseo marítimo y en la que sé que está el lugar indicado para tomar unos buenos crêpes.

Piper Beltz. Nos sentamos en el interior del local y nos comemos uno salado riquísimo de jamón y queso cada uno que acompañamos con los dulces que ha comprado Claudia.

—¿Macarons? Joder, habiendo pastel vasco y, con lo bueno que lo hacen aquí, ¿compras macarons?

—Están buenísimos. No te quejes sin haberlos probado. Además, los he comprado en Maison Adam.

—¿Y?

—Esta pastelería es famosa porque la receta que utilizan para elaborarlos es secreta, pasada de padres a hijos desde el siglo XII.

—Eh, se supone que el guía soy yo, ¿cómo sabes eso?

—Ha habido un rato que te has quedado en la calle porque ya no soportabas tanta compra. He aprovechado para charlar con las dependientas.

—Menuda maruja estás hecha.

Cuando terminamos de comer nos acercamos con tranquilidad hacia el paseo y la playa. Lo de hacer surf es una idea genial. Y si Claudia no sabe, me encantaría darle una clase particular... Sujetarla por la cintura para enseñarle las posturas básicas... Así que, después de recorrer la familiar playa en forma de media luna y protegida por tres enormes diques para que no entren las olas, subimos al coche y nos dirigimos a la playa de Cenitz, ideal para principiantes.

—¿Vamos de regreso?

Niego con la cabeza antes de responder:

—No, señorita. Nos vamos a hacer surf.

Ella entorna los ojos y me mira raro, pero no replica. Espero no estar cagándola.

Llegamos a la playa y nos dirigimos a una de las múltiples escuelas de surf. Como no he traído material tendremos que alquilar las tablas, por no hablar de unos trajes de neopreno. No creo que mi chica sea resistente al agua helada sin él.

Una vez listos nos plantamos en la playa. Hoy voy a darle una clase magistral a Claudia. Coloco las tablas que he alquilado en el suelo y nos colocamos a un lado.

—Te he alquilado un longboard. Son más estables y te será más sencillo coger las primeras olas. Cuando entremos en el mar, un error muy frecuente es colocarse demasiado hacia delante o hacia atrás mientras remamos. Nuestro pecho debe quedar aproximadamente a tres cuartas partes de la tabla. El ombligo lo haremos coincidir con el centro de la tabla para sentarnos encima a esperar la serie, así se evitan desequilibrios. —Me giro hacia Claudia, que mira el mar con ensoñación—. ¿Me estás escuchando?

Entonces, cuando voy a empezar a explicarle cómo levantarnos encima de la tabla, me guiña un ojo, coge la tabla y sale corriendo hacia el mar.

—¡Espera, Claudia, todavía no te he explicado...! ¡No vayas sola! ¡El mar es peligroso!

Cojo mi tabla y salgo corriendo tras ella porque, por

extraño que parezca, no veas qué rapidez. Cuando me doy cuenta, está mar adentro remando con fuerza, y hay algo que me resulta muy extraño, porque la veo tranquila. Demasiado tranquila.

Es entonces, cuando la veo coger una ola igual o mejor que yo, cuando me doy cuenta de que ya sabe surfear.

¡La tía me ha estado tomando el pelo!

Por momentos me siento estúpido, pero luego me digo: ¡qué demonios! Resulta que Claudia está hecha una surfera. Quién lo hubiera dicho. Me tumbo en la tabla y empiezo a remar hacia ella.

Si enseñarle a hacer surf me parecía un gran plan, surfear con ella todavía es mejor. Es un regalo caído del cielo.

Una horas más tarde salimos del agua, agotados, con los músculos entumecidos por el frío y la humedad, pero sonrientes de oreja a oreja.

Me acerco a ella y le doy un abrazo.

—Está visto que no soy el único que es una caja de sorpresas.

—Ya sabes lo que decía Forrest Gump sobre las cajas de bombones... ¡nunca sabes cuál te vas a tocar!

—Sí, sí, sí. No hay duda de que eres un bombón —murmuro antes de besarla en los labios.

Cuando regresamos al caserío, cada uno nos vamos a nuestra casa; necesitamos asimilar todo lo bueno que nos está pasando y mañana comienza una nueva semana.

Me meto en la cama sintiéndome como un crío enamorado. Tengo en la cara una sonrisilla estúpida que no puedo borrar.

Tampoco hay por qué hacerlo, me siento feliz.

Capítulo 12

Claudia

Feliz cual perdiz. Esta expresión absurda y que solía utilizar cuando estudiaba en la universidad es la que describe a la perfección mi estado de ánimo tras los acontecimientos del último fin de semana.

Mi vida ha cambiado bastante en quince días y, aunque no es la que yo hubiera soñado, para qué negarlo: me gusta.

Los días transcurren tranquilos en la oficina del banco, pero con Juancho siempre hay una anécdota o un chiste del que reírse. A mediodía como en la posada de Elena, que se extraña al ver que Arturo —pese a ser de los que no comen más tarde de la una— se espera hasta las tres y media para comer conmigo, y por las noches mi casero y yo cenamos juntos. ¿Dormir? Pues sí, también dormimos juntos, aunque la verdad es que ando bastante falta de horas de sueño. ¿Por qué será?

Esta nueva rutina mía es tranquila y apacible y me lo noto en el cuerpo. Tengo mejor la piel y el cabello porque no sufro el estrés que tenía en Valencia. Eso sí, he cogido unos kilillos de más y no hay quien se los quite porque, otra cosa no, pero comer... ¡Aquí la gente no perdona un plato! Pero bueno, que yo me veo estupenda y como mi hombretón no ha puesto objeción alguna sino que está encantado de que haya de dónde agarrar...

Le sigo pagando el alquiler a Arturo. Sé que le hace falta y, además, me gusta sentir que, si lo necesito, tengo mi propio espacio. Todavía no llevamos tanto tiempo juntos y prefiero ser precavida.

Lo que no esperaba era que Santi se lo tomara tan mal.

—Venga, ¡no me jodas, Claudia!

—No te jodo, Santi. Solo te estoy contando qué es de mi vida. Creí que te alegrarías.

—¿De qué? ¿De que de pronto te hayas vuelto una chica de pueblo que se pasa el día con un matrimonio casi de la tercera edad y que sale con un ganadero? ¡Con un ganadero!

—Pues mira, dicho así suena horrible —replico—. Pero sí, de eso. ¿No te das cuenta de que soy más feliz ahora que cuando trabajaba en Valencia? Ya no tengo contracturas, ni estrés, ni nada. ¡Estoy feliz!

—Pero ¿a ti qué te han hecho? —Parece incrédulo.

—Nada, Santi, ya te lo he dicho. —Tengo que bajar la voz porque Juancho me mira desde su despacho con cara rara. No quiero que oiga esta conversación.

—Pues vale —gruñe enfadado.

—No te entiendo. ¿A cuento de qué te mosqueas? ¿No será que estás celoso?

Un silencio al otro lado de la línea me confirma que ese es justo el problema. Que a mí me guste o no el campo a Santi le importa una mierda. Lo que le fastidia es lo de Arturo.

—Santi, tú y yo no somos novios.
—Lo sé.
—¿Entonces?

De nuevo un silencio al otro lado del auricular que no me deja nada tranquila.

—Creía que querías volver a Valencia. —¡Toma pedazo cambio de tercio!

—Y quiero, Santi, y quiero... —Esta conversación empieza a agotarme mentalmente.

—Entonces, no te preocupes por nada, déjalo de mi cuenta.

—¿De qué hablas? ¿Qué vas a hacer?
—Nada, mujer, nada —dice restándole importancia.

Cuando al fin colgamos, yo no me quedo nada tranquila. Hay algo en la actitud de Santiago que no me ha gustado ni un pelo, y no puedo evitar tener una sensación agridulce en el cuerpo pese a que me ha jurado y perjurado que no haría nada.

Es el típico que siempre quiere tener la última palabra y, aunque hace mucho que dejamos de tener una relación seria, me considera un poquito suya. Creo que le gustaba demasiado esa relación nuestra sin ataduras. Tan cómoda. Tan fácil. ¿Me pondría celosa yo si fuera él el que hubiera empezado a salir con alguien?

Es posible. Al menos, si yo no estuviera con nadie. Lo que pasa es que estoy segura de que a él no le faltan candidatas, así que no debería tomárselo tan a pecho.

En fin, trato de concentrarme en las tareas que me quedan pendientes y me olvido de Santi.

En qué mala hora le he llamado.

Arturo

Una nueva vida... eso es lo que ha conseguido Claudia. Siento como si hubiera renacido de mis cenizas y mi vida empezara de cero. Siento que todos los problemas que tuve en el pasado han de quedar ahí y ahora tengo que pensar en el futuro.

Un futuro junto a Claudia. Junto a mi chica de ciudad.

Los días con ella pasan rápidos y las noches todavía más. Me faltan horas para estar a su lado, acariciarla, besarla...

Hasta hace bien poco lo único que me movía a levantarme por las mañanas era sacar adelante la ganadería que heredé de mis padres y lo hacía por ellos. Ahora lo hago por mí. Por ella. Por nosotros.

Porque, aunque todavía no llevemos mucho tiempo juntos, yo ya siento que hay un nosotros.

En algunas cosas somos polos opuestos, pero resulta que en otras somos muy parecidos. A los dos nos encanta disfrutar de una buena película con una taza de chocolate o unas palomitas. Claro que, para mí, una buena película es una de acción y, para ella, una comedia romántica.

Le gusta el surf y eso sí que no lo hubiera imaginado nunca... Nos hemos recorrido todas las playas de la costa y, aunque me cuesta reconocerlo, ¡es mejor que yo!

Es trabajadora y responsable. Menos mal que está ella en la oficina del banco. Desde que ha llegado, Juancho está mucho más formal. Sobre todo después de nuestro pequeño incidente en la montaña. Miren todavía no se lo ha llevado al viaje que prometió, pero él se está comportando. Ya veremos lo que dura.

Como todos los días entre semana, espero paciente en la posada a que llegue Claudia para comer con ella. Es uno de los mejores momentos del día, pero ¡cojones, qué hambre paso! Es tan formal, tan formal que nunca se puede dejar nada pendiente y hay días que llega casi a las cuatro. ¡Eso no son horas!

Miro cómo avanza el minutero y trato de pensar en otra cosa que no sea el rugido de mi estómago.

—Elena, ¿me puedes traer un poco de pan?

La posadera se acerca con una cesta y la deja de golpe sobre la mesa, luego gira sobre sus talones y se dirige a la cocina mientras murmura entre dientes.

—¿Qué pasa?

—Que no entiendo por qué tienes que esperar todos los días a la señorita para comer.

—¿Perdona? —Me trago de golpe el pedazo de pan que me he metido en la boca porque no puedo creer lo que oigo.

—Lo que oyes.

—Yo creía que Claudia te caía bien. No comprendo ese tono tan despectivo.

—Mira, Arturo, tu amiga me cae bien. Es simpática y educada, pero no es como nosotros.

Enarco una ceja.

—¿Qué quieres decir?

—Que volverán a hacerte daño. Leñe, es igualita que la otra.

—No es cierto —protesto.

—Ya lo veremos, pero que conste que yo ya te lo he advertido —recalca—, y lo hago por tu madre y por lo mucho que la quería. No le hubiera gustado verte sufrir tanto.

—Hostia, Elena, ¿no ves que desde que ella llegó he vuelto a ser el de antes?

—Si fueras el de antes estarías comiendo ya. Mejor dicho, ya habrías comido.

—Estoy comiendo pan —respondo metiéndome otro trozo en la boca.

—Sabes muy bien a qué me refiero, pero no insistiré más.

Dicho esto, entra en la cocina y me deja con la palabra en la boca. De pronto, la sensación de felicidad que he tenido las últimas semanas se vuelve un poco agridulce. Encima, el hambre que tengo no ayuda a que me relaje, sino que me pone más nervioso.

Media hora más tarde Claudia entra en la posada y cuando veo el brillo en sus ojos y su sonrisa cariñosa me tranquilizo al fin. Le doy un beso en los labios y el calor que desprenden los suyos me reconforta al instante. Elena no tiene ni idea de lo que dice.

Se sienta a mi lado y, por fin, pedimos que nos sirvan el menú. La posadera lo hace con una sonrisa que yo detecto que no es todo lo sincera que debiera. No me gusta que Elena tenga esos prejuicios con Claudia pero, por desgracia, no puedo hacer nada.

Eso sí, no tengo ninguna intención de que mi chica descubra los poco amigables comentarios que han hecho sobre ella.

No la disculpo, porque me duelen sus palabras hacia alguien que quiero, pero entiendo que se preocupe por mí. Sabe cómo lo pasé la otra vez y por su amistad con mi madre siempre ha estado muy pendiente. En especial desde que volví de Madrid.

Pero esto es diferente. Ella es diferente. Es mi chica de asfalto. Y, aunque todavía no se lo he dicho, la quiero. Mañana es sábado y voy a prepararle un día especial. Vamos a ir a la ciudad.

—¿Te apetece pasar el día mañana en San Sebastián?

—Y a ti, ¿te apetece? ¿O lo haces solo por mí? —pregunta dubitativa.

—Me apetece porque quiero verte feliz a ti. ¿Te sirve?

—Me sirve. —Sonríe.

—Eso sí. El precio a pagar es caro... ¿crees que podrás disfrutar de la excursión sin haber dormido las ocho horas de rigor?

—Arturo, cariño, contigo ya no recuerdo cuándo dormí por última vez tanto rato —bosteza—. ¿Lo ves?

Ahora soy yo el que sonríe.

Mañana lo pasaremos bien, pero esta noche vamos a pasarlo mejor.

Capítulo 13

Claudia

Esta mañana me he despertado en los brazos de Arturo. Creo que no puede haber mejor forma de comenzar el día que entre sus besos y sus caricias porque, para qué mentir, ¡hay que ver lo cariñoso que se despierta!

Uf, me encantan los polvos mañaneros. Y con él, todavía más.

Era temprano, como siempre que se levanta. Cosas de los chicos de campo. Pero ha conseguido ahuyentar el mal humor que me invade cuando me hacen madrugar fuera de los días de trabajo. ¿Quién puede enfadarse cuando un hombre tan atractivo como Arturo te despierta con esos mimos?

Me revuelvo inquieta sobre el asiento del todoterreno al recordar la escenita de esta mañana y sonrío.

—¿En qué piensas, chica de ciudad? —me dice, pícaro—. No tiene pinta de ser nada bueno por la forma en la que me miras...

—Estoy pensando en cómo devolverte el favor de antes —replico juguetona.

—Déjame hacer lo mismo mañana. Y todos los días. No creo que pueda haber mejor forma de empezar una mañana que perdido en tu cuerpo.

Se inclina hacia mí y me besa fugazmente en la boca para volver a centrarse en la conducción. Luego pone la radio.

—Anda, entretente con la música, que la autovía hasta San Sebastián es peligrosa y no creo poder seguir conduciendo si te empeñas en recordarme mis hazañas mañaneras.

—¿Hazañas? ¡Pues no te lo tienes tú creído ni nada!

—¿Entonces no llega a la categoría de hazaña? Pues nada, como ya te he dicho, habrá que repetirlo para ver si subo la nota.

—Eso, vas a tener que repetir hasta que te dé matrícula de honor. Aunque si todos los días sacas un sobresaliente como hoy, me conformo.

Busco Cadena Dial y tarareo las canciones que ponen. Me gusta la música en español para comprender la letra. No es que no sepa inglés, lo estudié varios años, pero nunca logro entender las canciones. En cambio, con la música en castellano, disfruto de la melodía y del significado de la letra.

Termina una canción y empieza una nueva. Suena en la radio la hermosa voz de Serrat y yo canto con él.

Vuela esta canción para ti, Lucía,
la más bella historia de amor
que tuve y tendré.
Es una carta de amor
que se lleva el viento pintado en mi voz
a ninguna parte, a ningún buzón.

No hay nada más bello que lo que nunca he tenido,
nada más amado que lo que perdí.
Perdóname si hoy busco en la arena
esa luna llena que arañaba el mar.

Arturo se gira hacia mí y, con expresión hosca, apaga la radio sin decir nada.

—¡Eh! ¿Por qué haces eso? Me encanta esa canción.

—Yo la odio.

Casi no me atrevo a decir nada, pero intuyo que hay una mujer de por medio y necesito saber qué pasa.

—Era nuestra canción —explica—. Mía y de mi ex. Se llamaba Lucía.

No respondo a eso. Su ex. Aunque es absurdo, porque yo también he tenido ligues y novios antes que él, no puedo evitar sentirme un poco mal. Debía ser alguien importante para él si tenían una canción.

—Nosotros no tenemos canción...

—Tú no eres de esa clase de chicas.

—¿Qué clase?

—De las que necesita una canción para sentirse especial.

—¿Y por qué no?

—Porque tú ya eres muy especial

—¿Por qué soy tan especial?

—Porque me quieres tal y como soy. Es lo más especial que podrías hacer por mí.

—Pero eso no me parece especial... eso me sale solo.

—¿Lo ves? ¿No te das cuenta? El hecho de que no tengas que esforzarte lo hace todavía más perfecto, más especial si cabe.

Sonrío porque sé a qué se refiere. Él y yo. Tan diferentes. Y, sin embargo, ahora eso no importa. Solo importamos nosotros. Porque ya no somos dos, ahora somos uno.

Conduce un rato en silencio hasta que ya no puedo permanecer más rato callada. Porque, sí, seremos uno pero... ¿quién es esa tal Lucía?

Arturo se ríe al verme tan celosa.

—Lucía es... —duda de lo que va a decir— alguien muy parecida a ti.

—¿Cómo?

—Por fortuna, tan solo en el envoltorio. Le gusta vestir bien, ir de compras, salir a cenar, va maquillada hasta para ir a la playa...

—¡Eh, yo tanto no! —protesto.

—Pero solo se parece a ti por fuera. Por dentro es una persona materialista, fría y calculadora a la que solo le importa el qué dirán. Una persona incapaz de querer a alguien de verdad y a mí en concreto. Alguien que me dejó roto por dentro.

—Pero ¿tú la querías?

—Sí —replica a regañadientes—, la quise.

Me están entrando ganas de estrangular a alguien y de empezar a coger CDs de Serrat y romper todos los que contengan la canción de la susodicha.

—En cualquier caso, Lucía es el pasado. Un pasado que no quiero recordar. Nunca. Tú eres mi presente.

Tiene razón, así que asiento con la cabeza.

—Anda, deja ya de pensar en cosas que apenas tienen importancia y disfruta. Ya estamos llegando a San Sebastián. ¡Hoy vamos a pasarlo de miedo!

Sus palabras son alegres, pero su expresión no tanto.

No quiere contármelo, pero algo malo pasó con esa mujer.

Trato de olvidarme de ella y disfrutar del hermoso día que vamos a pasar y, aunque casi lo consigo, hay una pequeña nube que estropea el precioso cielo azul que nos acompaña.

Arturo

Pese a ser una ciudad, San Sebastián tiene algo especial que me hace volver una y otra vez. Creo que es la única urbe en la que me siento cómodo. Tal vez sea por el mar, por esa hermosa playa de la Concha o, quizás, porque me conquistó cuando la conocí la primera vez con mis padres.

La primera visión que tuve de ella fue desde lo alto del monte Igueldo. Recuerdo haber subido en el funicular con la excusa de que allí arriba había un parque de atracciones, para luego quedarnos allí, sentados sobre un muro observando la bahía. Me olvidé de los coches de choque, de los toboganes y de las montañas rusas, y me prometí a mí mismo que volvería, cuando fuese mayor, con mi mujer.

Claudia no es mi mujer, pero, ahora mismo, es algo parecido así que nuestra primera parada es el monte Igueldo. Quiero que tenga el mismo recuerdo de la ciudad que tengo yo.

Nos sentamos en una cafetería que hay dentro del parque y que goza de unas magníficas vistas y pedimos un par de Coca-Colas que bebemos en silencio.

—Dime, Arturo —dice, pensativa—, ¿por qué cambiaste de actitud conmigo?

¿Que por qué dejé de ver en ella a la chica pija y materialista para dejar que apareciera la chica que se preocupa por los demás, la chica que es divertida, trabajadora y que no es solo una apariencia? ¿Cómo explicarlo? Puede que sea algo tan simple como que, aunque no quieras, esa persona te gusta.

—A veces solo hay que darse cuenta de quién es esa persona que ocupa tu último pensamiento antes de irte a dormir.

—¿Era yo?

Asiento con la cabeza.

—Al principio eras tú porque me desesperabas. Venga a gastar agua y a subir la calefacción.

Se ríe.

—Luego seguías siendo tú porque me daba de cabezazos por haberme portado como un capullo contigo. Cada día intentaba alejarme de ti y, sin embargo, no lo conseguía.

—Fuiste un capullo, no voy a negarlo. ¿Y ahora?

—Ahora pienso en ti a todas horas: de día y de noche, con la cabeza, con el corazón y con... esto... con cada parte de mi cuerpo.

Claudia sacude la cabeza y se carcajea al comprender a qué parte de mi cuerpo me refiero.

—¿Y tú? ¿Por qué cambiaste conmigo?

—¡Yo no cambié! —se defiende.

—Claro que sí. Siempre estabas quejándote. Quejándote del frío, de que estamos en medio de la nada, del poco trabajo en tu oficina...

—¡Pero es que sigo pensando lo mismo!

La observo extrañado. Entonces, ¿qué hace conmigo? Si esta no es la vida que quiere...

—No me mires así, Arturo. Que no me termine de gustar la vida en el campo no quiere decir que tú no me gustes. Me gustaste desde el primer momento. Si no hubieses venido a tocarme las narices con lo del agua, es posible que nunca te hubiera dado una mala respuesta. Y si luego no me hubieras tratado como lo hiciste...

Tal vez tenga razón.

—¡Por Dios! Llevamos ya varios meses juntos, ¿es que tienes dudas?

—No, claro que no.

Aparto todas las inseguridades de mi mente, pero no consigo que escampen del todo. Está visto que la canción de esta mañana me ha dejado tocado. Lucía me hizo daño, mucho daño y, pese a haber superado nuestra ruptura, hay cosas que no se pueden olvidar.

Mucho menos perdonar.

Pero Claudia es diferente. O eso creo. En los meses que llevamos juntos me lo ha demostrado. Me centro en ella y en su hermosa sonrisa, y recupero la ilusión por la excursión de hoy.

La visita a San Sebastián es un regalo para ella. El único asfalto que Claudia ha pisado hasta ahora es el de Pamplona y tengo la sensación de que esta ciudad la va a enamorar.

Bajamos del monte Igueldo y nos detenemos en el Peine de los Vientos. Aquí descubro que Claudia no solo es una enamorada de la moda, sino también del arte y conoce al dedillo la obra de Chillida.

Paseamos por el paseo desde la playa de Ondarreta hasta la de la Concha y nos adentramos en el casco antiguo, donde nos ponemos hasta arriba de pinchos y txacolí.

—Ahora, para rematar la jornada, voy a llevarte a un sitio elegante de los que te gustan. Sé que te dije que conmigo nunca tendrías ese tipo de cosas, pero...

Claudia se gira hacia mí y me planta un beso en los morros. Así de sopetón, para luego decir:

—Puede que entonces yo me piense lo de ir de senderismo.

La cojo de la mano y continuamos el paseo hasta el hotel María Cristina. Un lugar con clase y que refleja los años de la *belle epoque*. Estoy convencido de que es la clase de sitio que le gusta a Claudia. Se encuentra frente al moderno Kursal y, además, es el alojamiento habitual de los actores durante el Festival de Cine de San Sebastián. Yo creo que acierto seguro.

La sonrisa de oreja a oreja que pone cuando llegamos al lugar es una pista inequívoca de que sí he dado en el clavo.

—Gracias —susurra feliz—. Sé que estos sitios tan rimbombantes no te van.

—Me parece que me estás cambiando... iría adonde fuera si estuvieras a mi lado.

Claudia se abraza a mí como respuesta y yo no puedo sentirme más lleno de felicidad. Nunca hubiera imaginado que una mujer como ella pudiera dármelo todo. Y, aunque me resulta extraño, hasta este momento he sentido que lo tenía todo si estaba conmigo. La de vueltas que da la vida...

Entramos en la cafetería y nos sentamos, dispuestos a tomar un café, relajarnos y charlar. Justo cuando nos sirven, toda la alegría del día se esfuma para mí. Escucho una voz.

Una voz aguda que es inconfundible.

Me giro, pensando que sé lo que me voy a encontrar: a Lucía, con su perfecta media melena rubia, vestida de punta en blanco y pintada como una puerta. Probablemente tomando algo con una amiga o con un ligue ricachón.

Casi acierto, aunque lo que descubro no es lo que me hubiera gustado ver.

No hay duda de que es mi ex y, sí, tan pintada y arreglada como siempre. Y, efectivamente, acompañada por un tipo que parece haber salido de una película de Hollywood y que no puede vestir más pijo.

Lo que no esperaba es ver que no están solos. Junto a ellos hay un carrito de bebé. El crío, que descansa en brazos de Lucía, no debe tener más de tres meses y lleva puesto un faldón que parece sacado del siglo XV.

Aun así, su ropa no es lo que me impacta. Ni lo que me jode.

No puedo creerlo. Un bebé.

Me levanto y, como si fuera un autómata, me acerco a ellos. Sé que no se merece ni que le dirija la palabra, pero lo que estoy viendo me duele tanto, tanto, que no soy capaz de mantener la boca cerrada.

Claudia, que debe pensar que me he encontrado a algún conocido, me sigue para saludar y yo, que solo pienso en aquello que perdí, no le advierto que a pesar de que sí es una conocida, no tengo ningún interés en que la salude.

—Lucía. —Mi voz es seca y distante.

—¿Arturo? —Se gira hacia mí sorprendida y un poco parada. Estoy seguro de que por su cabeza pasan los mismos pensamientos que por la mía.

—Has tenido un niño.

—Sí. —Sonríe nerviosa.

—No... no lo entiendo. —No soy capaz de procesar lo que digo; demasiados recuerdos se agolpan en mi cabeza.

Claudia se acerca a mí y me coge del brazo. Ha escuchado el nombre con el que me he dirigido a mi ex y sabe sumar dos más dos.

Le tiende la mano a la rubia de mi ex y se presenta.

—Soy Claudia, la novia de Arturo. —Me gusta que quiera marcar el terreno, pero no es necesario que lo haga. Nunca volvería a estar con Lucía. Lo único que echo de menos es lo que me hizo perder.

—Encantada.

Ella y su ex le dan la mano, educados, aunque se les nota incómodos. Seguro que él lo sabe todo.

—No puedo creerlo, Lucía. ¿Cuánto tiempo hace, dos años?

—No te hagas mala sangre, Arturo.

—Con él sí que puedes ser madre, ¿verdad? Él sí que te da lo que tú quieres. Él...

—Déjalo. Estaba en mi derecho de hacer lo que hice.

—¿En tu derecho? ¿Y mis derechos? Yo quería ese bebé. Yo lo hubiera criado.

—Olvídalo. Rehaz tu vida como he hecho yo.

—Ya lo he hecho. —Agarro a Claudia con fuerza y la acerco más a mí. Eso me da seguridad a la hora de responder.

—¿Con ella? —Lucía enarca una ceja, incrédula—. ¿Es que no aprendes? —Mira a Claudia de arriba abajo—. Esta chica es como yo, no creo que vaya a comprometerse de por vida con un ganadero.

—Yo... —Claudia abre la boca para defenderse, pero yo la interrumpo.

—Ella no es como tú. Puede que lo parezca pero no podría ser más distinta —afirmo orgulloso de tenerla conmigo.

Lucía y su estirado acompañante nos miran sin decir nada. Antes de que pueda decir algo más, Claudia me estira del brazo para que nos alejemos.

—Vamos. Tomaremos ese café en otro lado.

—Pero... —Esta era mi sorpresa para ella, no quiero fastidiársela.

—Arturo, en serio, no importa. Por mí como si nos tomamos ese café en el bar más cutre de la ciudad.

La sigo y, mientras lo hago, no puedo evitar dar gracias a Dios, al destino, o a quienquiera que haya sido el responsable, por traerla a mi vida.

Capítulo 14

Claudia

Arturo y yo ya no nos tomamos ese café. Regresamos al pueblo en silencio. Él conduce mirando fijamente la carretera sin abrir la boca. Tiene el ceño fruncido y está claro que no está de buen humor. Yo no quiero preguntar nada, al menos, todavía no. Algo grave pasó cuando Lucía y él rompieron. Puedo intuir lo que es, pero quiero que sea él quien me lo cuente. Cuando esté preparado.

De pronto empieza a llover y eso parece aumentar su enfado. Lo escucho maldecir por lo bajo y murmurar entre dientes.

La lluvia azota el coche con fuerza. Cada vez arrecia más, pese a que el limpiaparabrisas se mueve a toda velocidad, es casi imposible ver a través del cristal. La conducción empieza a ser peligrosa y noto que Arturo está tenso. Sostiene el volante con manos firmes, pero lo noto nervioso. Incluso asustado.

Cinco minutos más tarde, poco después de haber pasado el pueblo de Lekunberri, nos cruzamos con un área de servicio y, a pesar de que ya no nos queda mucho camino, Arturo se detiene en ella. Apaga el motor del coche y, cuando lo único que se escucha son las gotas de agua golpeando la carrocería del vehículo, apoya la cabeza sobre el volante y suspira aliviado.

—Cariño, ¿qué te ocurre? —No soporto verlo así.

—Lo siento, Claudia. Siento haber estropeado el día.

—No tienes que sentirlo. Lo que yo siento es que estés tan disgustado. ¿Quieres hablar de ello?

—Hasta que esto no se calme no nos moveremos. —Gesticula en referencia a la tormenta—. Nos veo durmiendo en el coche.

—Anda, no te preocupes por eso y dime qué te pasa.

—Son demasiadas cosas.

—Tú mismo has dicho que tenemos tiempo, así que empieza a desahogarte.

Arturo se desabrocha el cinturón de seguridad y tira el asiento hacia atrás para ponerse cómodo.

—Ya sabes que heredé el caserío de mis padres cuando ellos fallecieron. —Asiento—. Lo que probablemente no sepas es que murieron en un accidente de tráfico, en una noche muy parecida a esta y en una carretera muy parecida a esta.

Ahora comprendo su obsesión y preocupación a la hora de conducir en ocasiones anteriores.

—Esto sucedió hace dos años.

Vaya, vaya, ¿a la par que su ruptura con la víbora rubia de antes?

—Si estás haciendo cuentas, sí, fue entonces cuando Lucía y yo rompimos. Nos conocimos en la universidad. Mis padres querían que yo fuera algo más que un simple ganadero, así que me enviaron a Madrid a estudiar y allí me convertí en Ingeniero Agrónomo.

—¿Por qué no me lo habías dicho?

—Quería saber que tú sí podías quererme siendo un simple ganadero.

—Tú no eres un simple ganadero.

Enarca una ceja.

—¿Ah, no?

—¡Claro que no! Eres mucho más que eso. Eres una persona maravillosa. Eres atractivo, divertido, inteligente, valiente... ¿quieres que siga?

—Déjalo.

—Arturo, tú eres grande. Eres el rey de mi mesa redonda.

No puede evitar soltar una carcajada ante esta afirmación y, mientras se inclina a besarme, murmura:

—Mientras no te busques a ningún Lancelot...

Se entretiene con el lóbulo de mi oreja. Lo mordisquea, lo lame con avidez y luego pasa a mi cuello. Un hormigueo recorre mi cuerpo y en menos que canta un gallo estoy totalmente excitada. La conversación queda en un segundo plano porque lo único que deseo en este momento es sentir el cuerpo de Arturo pegado al mío.

Pero este no es el lugar. Ni el momento.

Así que lo aparto con suavidad de mí, le señalo el cielo con la mano para mostrarle que solo hay un poco de llovizna y, de nuevo en silencio, reemprendemos la marcha.

Arturo ha dejado su historia a medias, pero hoy no va a salirse con la suya. Va a contármelo todo. Va contarme el porqué de su tristeza, el porqué de sus prejuicios, el porqué de su vuelta al pueblo. Y si no lo hace no va a haber mambo. ¡He dicho!

Llegamos a casa y Arturo se entretiene de nuevo en besarme el cuello. Sé adónde quiere ir a parar, pero no es la solución a sus problemas. Puede que sea un alivio temporal, pero no quiero estar con él hasta que vea que vuelve a ser el mismo.

—No has terminado de contarme tu historia...
—Está bien.

Arturo se deja caer sobre el sofá.

—En realidad, no hay mucho más que contar. Cuando mis padres fallecieron y se hizo la lectura del testamento yo quedé como único heredero. El problema es que, además del caserío y la ganadería, heredé un montón de deudas. —Suspira—. Si quería salvar lo que a mis padres les había llevado una vida construir, no me quedaba otra que volver a mi lugar de origen y continuar con lo que ellos habían empezado.

—¿Lucía lo dejó contigo por eso?
—Hay veces que los astros se conjugan y hacen que, cuando las cosas van mal, vayan todavía peor.

Se lleva las manos a la cabeza y su cara de amargura hace que se me encoja el corazón.

—Unas semanas después del fallecimiento de mis padres, Lucía descubrió que estaba embarazada. La sola idea de venirse conmigo y criar a un niño en el campo la horrorizaba. Así que cortó por lo sano: rompió conmigo y abortó. Sin más.

No tengo respuesta para eso porque puedo imaginar el dolor que aquello supuso para él, y más en un momento tan duro como el que estaba pasando.

Arturo continúa:

—No quiso ni pensárselo. Ni siquiera cuando le dije que yo me haría cargo. —Sacude la cabeza—. Su respuesta fue que no iba a criar a su hijo como un pueblerino en medio de las vacas.

Le pongo la mano en el hombro, pero sigo callada, sé que todavía no ha terminado.

—Yo regresé a Navarra, roto, y no volví a saber nada más de ella. Hasta hoy.

Ahora entiendo el dolor de Arturo. La chica llevaba un bebé en sus brazos. Ha tenido un hijo y, en cambio, no quiso tener el que podría haber sido el suyo.

—Ahora ella es madre y yo estoy solo.

—No estás solo.

No hay consuelo para la rabia y la impotencia que siente, así que hago lo único que puedo hacer: lo abrazo. Lo abrazo y le acaricio la espalda con suavidad mientras le digo al oído que lo quiero. Nunca se lo había dicho hasta ahora, pero es lo que yo siento.

Lo quiero.

Así, con mayúsculas, y creo que necesita saberlo.

Arturo se abraza a mí con fuerza, esconde la cabeza en mi cuello y, entonces, por fin, se libera: rompe a llorar con fuerza. Nunca lo había visto llorar y me parte el alma. Estoy segura de que es la primera vez en mucho tiempo.

Al cabo de unos instantes, el llanto se detiene y levanta despacio la cabeza. Me mira avergonzado.

—¡Joder, los hombres no lloran! —gruñe cabreado al tiempo que se seca las lágrimas.

—Te equivocas. Un hombre de verdad llora si hay un motivo realmente importante para hacerlo.

Veo en su cara la sombra de una sonrisa.
—Yo...
—Shhh —murmuro—, no hace falta que me digas nada.
—Claro que sí —protesta.
—Calla. Ya sé lo que sientes. Platón decía que la mayor declaración es aquella que no se hace; el hombre que siente mucho, habla poco.

Arturo sonríe y se seca las lágrimas.
—Muy sabio, ese tal Platón.

Acerco mis labios a los suyos en un suave y cálido beso que deseo le reconforte.

No hay más que decir. Aunque sí mucho por hacer. Todavía es temprano y tenemos toda la noche por delante...

Con nuestros besos borraremos el sabor agridulce del final de este día. Nos queda mucho por vivir y sé que puedo hacer feliz a Arturo.

Arturo

Es curioso lo rápido que ha pasado el tiempo desde que Claudia llegó a mi vida. Parece que fue ayer cuando apareció para ocupar el piso de arriba del caserío allá por febrero.

Estábamos en pleno invierno, en temporada de sidrerías, y ya tenemos los sanfermines a la vuelta de la esquina.

La primavera ha sido fría y Claudia está como loca por empezar las vacaciones y bajar unos días a Valencia. Dice que aquí ni hay primavera, ni verano, ni nada... que siempre está nublado y hace frío.

—Si no puedes ponerte sandalias sin que se te congelen los pies, ¡no es verano!

—Pero si esto es lo ideal, un clima suave y templado. Allí os achicharráis.

—¡Es que eso es lo que quiero! —protesta—, tostarme al sol y sudar como un cerdo.

—Mira que eres bruta.

—Estoy harta de pasar frío. Quiero ponerme vestidos de tirantes, sandalias, estar morena y comer arroz —explica—. Me gusta la comida del norte, pero necesito un poquito de dieta mediterránea.

Estoy a punto de protestar cuando me interrumpe.

—Y, además, podrás hacer surf. Las playas de allí no serán como las de aquí, pero, por ejemplo, la del Dosel es más que suficiente para que te quites el mono. Allí hace mucho viento, podemos hacer kite surf.

—Está bien, está bien —acepto, dando la batalla por perdida—. ¿Cuándo te dan las vacaciones?

—Juancho me ha dado el mes de agosto para irse él en julio. ¡Justo lo contrario de lo que pasaría en una oficina normal! El director siempre se va en agosto...

—¿Y por qué ese cambio? —inquiero con curiosidad.

—Miren y su viaje prometido. Como agosto es temporada alta y le parece que va a haber mucha gente, se van a ir en julio. Aunque si quieres saber la verdad, tampoco es que haya una gran diferencia.

—¿Así que en agosto voy a conocer a mis suegros y a mi cuñada?

—La segunda semana de agosto.

—¿Por qué la segunda? —Creí que estaba deseando largarse de aquí.

—Pues... —se sonroja—, es que quiero quedarme aquí la primera semana para ver el mercado medieval de Lekunberri. Juancho me ha dicho que es una pasada.

—¡Acabáramos! ¿Y se puede saber qué es lo que te atrae a ti de un mercado medieval? Ahí no hay nada de marca que puedas comprar.

—Lo sé —admite—. Pero me encantan las mermeladas caseras, los quesos y todas esas cosas. ¡Por no hablar de las pulseras, collares y demás abalorios que hay en los puestecillos más hippies!

Desde luego, en eso no ha cambiado en estos meses, es una loca por las compras.

—Bien, en ese caso, si vas a estar aquí hasta la primera semana de agosto...

—Vamos —me interrumpe con el ceño fruncido—. Vamos a estar. Después tú te vienes conmigo a Valencia.

—Que sí, mujer, no te preocupes. Ya sé que me vas a presentar en sociedad.

—Lo dices como si te fuera a llevar al matadero.

Mientras mantenemos esta conversación, Claudia y yo estamos sentados en la hierba frente al caserío. Ya ha oscurecido y contemplamos las estrellas. Le encanta y es una de las cosas que más le gusta de vivir aquí. Así que ahora que ha llegado el buen tiempo, cada noche, después de cenar, cumplimos nuestro ritual y salimos a buscar constelaciones.

—Ahí está el cinturón de Orión —señalo.

—Arturo, no me cambies de tema. Estábamos hablando de la visita a Valencia.

Apoyo mi mano sobre la suya y mantengo la mirada fija en el cielo.

—Mmm.

Entonces, se gira hacia mí y me aparta la mano de un manotazo.

—¿Se puede saber qué pasa? ¿Tanto problema te supone pasar unos días con mi familia y amigos? —espeta enfadada.

No es que me suponga un problema. Es más, me apetece ver cómo era su vida antes de venir aquí y estoy seguro de que me llevaré bien con su familia, pero tengo más dudas con respecto a su círculo de amigos. A veces pienso que sería más fácil que se fuera sola de vacaciones y que nos viéramos a la vuelta. Sería un alivio y me quitaría un peso de encima. Además de ahorrarme tener que dejar a alguien a cargo de la ganadería.

—Pues...

—No me fastidies. Todos van a estar encantados de conocerte. Mis padres, mi hermana, mis amigas, Santi... —Se calla de pronto al ver que ha metido la pata.

Vale, si me apetecía poco bajar a la «terreta» como lo llama ella, ahora todavía me apetece menos. Si por algo me caracterizo es por mi sinceridad y estoy seguro de que el tal Santi me va a caer como el culo. Me niego en redondo a reírle las gracias a un pijo que ha estado beneficiándose cuando le ha dado la gana a la que es mi novia. Me niego.

—Mira, Claudia —digo en tono suave pero firme—, voy a ir a Valencia y voy a conocer a tu familia y a tus amigas, pero en lo que respecta a...

Entonces, de pronto, en medio del silencio sepulcral

del campo, la canción *Always* empieza a sonar y veo que Claudia rebusca en su bolsillo y saca el móvil. Antes de que descuelgue no puedo evitar quedarme parado con una de las frases de Bon Jovi: *And I will love you, baby, always*.

—¿Santi? ¿Pasa algo? No es habitual que llames a estas horas... —Hace una larga pausa—. ¿Para San Fermín? Pues... no, no, claro... —Una nueva pausa y Claudia me mira incómoda—. Muy bien, pues ya concretamos. Hablamos a lo largo de la semana. Un beso. —Y, como quien no quiere la cosa, cuelga y se queda callada.

—¿No vas a decirme nada?

—¿De qué?

—Pues para empezar, de por qué llevas esa canción de tono de móvil para tu amiguito Santiago y, en segundo lugar...

—Santi va a venir de visita para San Fermín —me interrumpe.

—¿Cómo? ¿Que tu ex y amigo con derechos va a venir a pasar en mi casa las fiestas? ¡Ni hablar! —Me cruzo de brazos y frunzo el ceño. ¡Lo que me faltaba!

—Arturo, es mi casa —lo dice conciliadora, pero no me gusta su tono y mucho menos que el tipejo ese esté bajo el mismo techo que ella—, todavía te pago el alquiler.

—¡Pues ya puedes dejar de pagármelo hoy mismo! No lo quiero cerca de ti.

—¡No me seas antiguo! Santi solamente es un amigo. Llevo más de medio año aquí y es normal que quiera visitarme.

A mí no me la da. Sé que quiere convencerme de lo

que dice, pero noto en su voz que ni siquiera ella se cree del todo lo que está diciendo. Por lo que he oído del tal Santiago, es un conquistador nato, y esos no van solo de visita... Nunca.

—Está bien —acepto—. Os quedaréis los dos en mi piso. Y tú dormirás conmigo.

—Pero, a ver, ¿tú con quién te crees que iba a dormir yo? No me puedo creer que seas tan celoso.

Claudia se acerca a mí y me besa con ternura, luego me empuja para que quede tumbado sobre la fresca hierba y se tumba sobre mí. Sonrío al sentir su cuerpo sobre el mío y sonrío todavía más al ver que empieza a desabrocharme la camisa.

—Estoy harta de tanto cuadro —murmura entre beso y beso—. Quiero la camisa fuera.

Yo me dejo hacer.

—Ves como el campo no está tan mal —digo con voz ronca al sentir que Claudia me baja la cremallera y toma mi miembro con sus manos.

—Tienes razón. —Se separa de mis labios y se centra en proporcionarme las mismas caricias en otra parte de mi cuerpo—. Es cuestión de aprovechar las posibilidades.

Joder, qué bien lo hace. Me estoy volviendo loco y no puedo pensar en otra cosa que no sea estar dentro de ella.

Y, así, en medio del prado y con la única luz que nos proporciona el cielo estrellado, hacemos el amor hasta que caemos rendidos y ya no podemos más.

Claudia tiene razón, no tengo motivos para estar celoso. Aun así, me toca los cojones que el tal Santi vaya a estar bajo el mismo techo que ella.

Hay que joderse.

Capítulo 15

Claudia

Uno de enero,
dos de febrero,
tres de marzo,
cuatro de abril
cinco de mayo,
seis de junio,
siete de julio,
San Fermín.
A Pamplona hemos de ir,
con una media, con una media.
A Pamplona hemos de ir
con una media y un calcetín.

La canción resuena en mi cabeza y es casi imposible sacarla, así que la tarareo mientras corto el beicon a trocitos para cocinar unos espaguetis carbonara. Estoy preparando la cena mientras Arturo y el veterinario atienden el parto de una vaca. No puedo evitar recordar la noche en la que el veterinario se encontraba de boda y tuve que echar una mano.

Todo cambió a partir de ahí.

Además de nuestra relación, empecé a verle el lado bueno a la vida rural; aunque no negaré que no me he acostumbrado del todo y que no es lo que a mí me gusta. Da igual. En estos meses me he dado cuenta de que viviría en la selva si tuviera a Arturo a mi lado.

Por eso estoy un poco intranquila.

Tengo ganas de disfrutar de las fiestas, pero el hecho de que Santiago vaya a venir ha dejado de ilusionarme y ha empezado a preocuparme. Tengo la sensación de que la cosa no va a ser fácil cuando estemos los tres.

Arturo ya me lo dejó claro la otra noche. Y en Santi prefiero ni pensar porque nuestra última conversación no hace presagiar nada bueno.

En fin, que sea lo que Dios quiera.

Escucho a Arturo entrar por la puerta. Está guarro, guarro. Y apesta. Lo veo que se acerca hacia mí para darme un beso pero salgo corriendo. Él me persigue y al final logra darme caza.

—¡Arturo! —protesto.

Él no se da por aludido y me abraza por detrás mientras intenta besarme en el cuello.

—¡Quita, cochino! —Lo aparto de mí y vuelvo a la cocina—. Directo a la ducha. No quiero verte hasta que huelas de arriba abajo a esa colonia que tanto me gusta.

—Y te pone.

Al decir esto me guiña un ojo y no puedo evitar soltar una carcajada porque es la verdad. Me pone. Es un olor tan masculino...

—Sí. Me pone mucho... pero tu olor de ahora no, así que corre al baño. Además, he de terminar la cena.

Arturo se resigna y obedece. Yo sigo preparando la pasta y cuando lo oigo salir le grito sin girarme:

—¿Te puedes creer que en el ultramarinos no tienen beicon a taquitos? He tenido que ir a por panceta a la carnicería.

Suelta una carcajada.

—Creía que ya habías superado esos problemillas de chica de ciudad.

—Se ve que no. —Suspiro—. En fin, qué le vamos a hacer. Anda, ya está la cena. Cuéntame el planning de mañana.

—Todo depende de cuándo llegue nuestro querido Santiago —ironiza.

Quiero cabrearme con él porque, pese a todo, Santi es mi amigo y siempre se ha portado bien conmigo. Pero lo entiendo. Yo también estaría celosa si viniera a pasar los sanfermines alguna amiguita de Arturo. No me haría ni pizca de gracia.

Lo que pasa es que en el fondo me encanta que mi hombretón del norte esté celoso.

—Cariño, sabes que no tienes de qué preocuparte —afirmo—. Y, como respuesta a tu pregunta, Santi llega mañana por la tarde, así que por la mañana podemos ir solos al encierro.

—En ese caso, iremos a ver el encierro al balcón de unos amigos y luego te llevaré a almorzar. Así podrás vivir la parte tranquila de las fiestas y la que a mí me gusta.

Asiento con la cabeza.

—Por la noche, cuando él haya llegado, podemos ir a cenar, ver los fuegos artificiales y salir de fiesta.

—Vale.

—Te aviso que los sanfermines por la noche son una locura.

—Las Fallas de Valencia también, gente por todos lados.

—No creo que sea tan tremendo como esto. Por eso a mí me gusta ir durante el día. Es otro ambiente. La noche se ha convertido en algo... —se queda pensativo—, casi grotesco. La gente se pasa tres pueblos, pero ya lo comprobarás por ti misma.

—¿Tan exagerado es?

—Ya me lo contarás. Espero que a tu amiguito le guste la fiesta porque la va a tener. Para eso ha venido, ¿no?

Asiento de nuevo. ¿Ha venido para eso? No estoy segura del todo. Tengo un poco de miedo de que traiga otras intenciones, pero el autoconvencimiento es lo mejor para estar tranquila. Santiago solo viene porque nunca ha estado en un encierro y ¿qué mejor momento que ahora que yo vivo en Navarra?

A la mañana siguiente me planto mi modelito rojiblanco y nos vamos a la ciudad. ¡Lástima que no sea para ir de compras! Aun así, disfruto muchísimo. Los amigos de Arturo tienen un piso en la calle Estafeta, así que tenemos una visión estupenda del encierro.

Jacinto es un tío muy majo, de la edad de Arturo, pero ya con todo el cabello canoso, lo que le hace parecer mayor de lo que es y le da un toque interesante. Su casa está a reventar de gente: amigos, familiares, compañeros de trabajo. ¡A tope! Es el primer encierro y todo el mundo tiene muchas ganas. Me recuerda a la primera *mascletà*.

Nos dan de desayunar bien tempranito y luego nos situamos en el balcón para ver a esos locos que se ponen a correr delante del toro.

—A lo mejor mañana corro en el encierro —le suelta Arturo a Jacinto como quien no quiere la cosa.

—¿Qué? —pregunto alarmada, interrumpiendo la conversación de los dos amigos.

—Que casi seguro que mañana correré en el encierro.

—Ni hablar —le digo muy seria. Es muy peligroso.

—Sabes que soy de riesgos. ¡Hace años que soy corredor!

Lo miro asustada. No, no quiero que corra. No quiero que le pase nada.

—No me va a pasar nada —añade leyéndome la mente—. Tengo experiencia y sé cómo hay que hacerlo.

Resoplo. No me gusta nada la idea, pero tampoco puedo atarle a una silla e impedir que vaya.

—Tranquila, Claudia —añade Jacinto—. Si te apetece puedes venir a verlo aquí y así estarás menos nerviosa.

—Gracias por la invitación, pero esta noche llega un amigo y todavía no sé cómo nos organizaremos.

Cuando Jacinto se aleja le hablo molesta a Arturo.

—Pues sí que tienes ganas tú de hacerme sufrir.

—¿Yo? ¿Qué me dices de ti? ¿Crees que yo no voy a sufrir hoy teniendo que compartirte con tu ex?

Touché. Claudia, mejor cierra la boca si no quieres más líos. Levanto la vista al cielo y me encomiendo a Dios para que tengamos una nochecita tranquila y Santi venga con los ánimos calmados.

Dios debe haber ignorado mis peticiones porque desde que ha llegado, Santi y Arturo parecen dos machos alfa enfrentados. Los dos quieren marcar el territorio y las conversaciones van de pullita en pullita y ya empiezan a incomodarme.

Al final, terminamos de cenar y vemos los fuegos artificiales en silencio. Yo apoyo la cabeza sobre el pecho de Arturo y miro al cielo. Por fin un momento de paz. Dura muy poco porque pronto siento los ojos de Santi clavados en mí. Me giro con discreción y veo que pone mala cara. ¿Qué demonios le pasa?

En un momento dado, entramos en un bar a tomar algo. Arturo se levanta a pedir a la barra a regañadientes. Sé que no nos quiere dejar solos, pero yo necesito cruzar un par de palabras con Santi sin que él esté delante. E intuyo que, por la forma en que me sigue mirando, Santi también.

—¿Qué cojones haces con este tío? ¿Tú has visto la ropa que lleva?

—Sí, la he visto. ¿Qué pasa?

—Clau —me llama por mi diminutivo para marcar el territorio y dejar claro que tiene razón. Que él sabe lo que me conviene—, ¿desde cuándo te van las camisas de cuadros y el *look* leñador?

—Desde que quiero al hombre que las lleva.

—No me jodas. ¿Ahora resulta que el hombre de tu vida es un ganadero?

—Eso parece.

—¿Me vas a decir que tienes intención de quedarte en ese pueblo de mierda el resto de tus días?

—No sé si el resto de mis días. No sé cómo nos organizaremos Arturo y yo en un futuro, pero, sí, pienso quedarme en ese pueblo porque estar a su lado hace que merezca la pena. Y, para que lo sepas, no es un pueblo de mierda. Puede que sea pequeño, pero tiene muchas cosas buenas.

—No me lo trago, Claudia, no me lo trago. —Niega con la cabeza a la vez que frunce el ceño—. Nadie cambia tanto en tan pocos meses.

—El amor hace cambiar a las personas.

—Venga ya...

—¿Qué te pasa, Santi? —lo interrumpo—. ¿Desde cuándo te importa tanto lo que yo haga o deje de hacer?

—Desde que... —Se lo piensa un poco antes de continuar—. Hace no mucho me estabas llamando para que viniera a rescatarte de tu nueva vida. ¿Recuerdas que querías ir a un hotel conmigo? Imagino que no sería para jugar al parchís.

Suspiro.

—Sí, Santi, te pedí que vinieras y sabes perfectamente lo que quería entonces. Lo hemos hecho muchas veces y no era nada serio

—Puede que no, pero hubo un tiempo en el que lo fue y quizá podría volver a serlo.

No respondo porque veo que Arturo se acerca a la mesa con las bebidas y no quiero que nos escuche, pero Santi no tiene pinta de callarse.

—De todas formas, no te quedarás aquí mucho tiempo... —gruñe.

Yo le pego un pisotón por debajo de la mesa para que cierre la boca de una puñetera vez y lo hace a regañadientes.

Arturo nos da los gin-tonics que hemos pedido y deja caer sobre la mesa su vaso de calimocho.

—Curiosa elección —no puede evitar soltar Santiago.

—¿Te refieres a esto? —dice mostrándole el vaso—, porque es la bebida que más vasos verás llenar en estas fiestas. ¿O quizás te refieres a esto?

Mi chico de campo se sienta y se acerca a mí, me rodea con el brazo y, ante la atónita mirada de Santi, me besa. Pero no es un beso sin más. No. Arturo se recrea en el beso, pasando su lengua por encima de mis labios y recorriendo lenta pero apasionadamente mi boca. Es un beso que me deja muy, pero que muy claro lo que quiere de mí y yo me revuelvo inquieta en la silla, pensando que no voy a soportar todas las horas que quedan hasta llegar a casa.

Luego me suelta y, girándose hacia Santiago como quien no quiere la cosa, coge el vaso de calimocho y da un largo trago.

—Y bien, ¿ya sabes a qué te referías?

Santi lo mira con rabia y él se yergue satisfecho. Dios, esto se me está yendo de las manos. Queda mucha noche por delante y temo lo que pueda pasar.

Voy a tener que encomendarme a San Fermín.

Arturo

La noche es larga y las copas se suceden. Mi chica y su amiguito Borjamari o como se llame beben gin-tonics, aunque se lamentan de que se los sirvan en vasos altos de plástico, los típicos vasos de cubata de toda la vida, en vez de en copas de balón de cristal.

Yo sigo con el calimocho, es lo que se suele beber en

fiestas y, aunque no soy de pasarme con la bebida, tener al tipo este enfrente toda la noche me está poniendo de una mala hostia que... o me evado con el alcohol o acabaré partiéndole la cara.

¿Quién cojones se ha creído que es?

Antes, cuando he vuelto de la barra, he podido escuchar cómo le decía a Claudia que ella no se quedará aquí mucho tiempo. ¿Qué sabe ese que yo no sepa? ¿Me está ocultando algo? Dijo que se quedaría dos años como mínimo y yo la creí, pero este tiene pinta de ser de esos que lo saben todo y no puedo dejar de pensar que si lo dice es por algo.

Las horas pasan y el alcohol hace mella en mí, pero le digo a Claudia que estoy de lujo. Pienso correr el encierro y pienso demostrarle a mi chica que soy un hombre, no como ese niñato con el que salía.

Van a ver el encierro desde la plaza. Me niego a meter al susodicho en casa de mi amigo Jacinto, así que les he dicho que, cuando yo vaya a prepararme, se vayan a la plaza de toros a coger sitio. Mientras tanto, aquí estamos, en una de tantas verbenas, bailando canciones horteras que parecen gustarle a Claudia porque desde que hemos llegado la he visto cantarlas todas. Santi le sigue el rollo y baila con ella. Para empeorar las cosas, estamos rodeados de una cantidad impensable de gente; hordas y hordas de personas, y yo, que odio las aglomeraciones, me pongo nervioso y para calmarme doy un trago, y otro, y otro...

A las siete de la mañana tengo muy claro que no estoy en condiciones de correr. No he dormido y debo llevar más alcohol en sangre que en toda mi vida. Sé que correr borracho es una irresponsabilidad, para mí y para los demás, así que tendré que conformarme con ver el encierro desde la plaza.

Al menos esa es mi firme intención hasta que Santi se acerca a mí y, borracho como una cuba, me dice que quiere correr.

—Ni de coña —sentencio—. No estás en estado de correr.

—¿Y tú sí? ¡Anda ya!

—He dicho que no.

—Tú no eres nadie para impedírmelo...

Le quito el cubata de las manos y me planto frente a él. No es que me importe mucho que entre ahí y lo pillen los toros, pero sé que Claudia sufriría y no quiero que eso pase. Por no hablar de que puede ser peligroso para el resto de corredores. De todas formas, incluso si lo intenta, será difícil que lo dejen pasar si va bebido, porque hoy en día está todo mucho más controlado.

—¡Eh, tío! Tú no eres más que un ganadero de mierda, no eres nadie para decirme lo que puedo hacer.

Cuenta hasta tres, Arturo, o hasta mil, porque como no lo hagas el gilipollas este se va a llevar un buen mamporro. Por suerte, Claudia interviene y se pone de mi parte.

—Puede que él no sea nadie para ti, Santiago, pero creo que yo sí lo soy. No puedes correr así. ¿No ves que Arturo tampoco va a hacerlo porque ha bebido?

—¿Ahora te has vuelto una mojigata? Antes eras más divertida...

Uf, qué ganas de partirle la cara a este impresentable. ¿Qué cojones vio Claudia en él? Lo observo atentamente y, de pronto, se da la vuelta y echa a andar en dirección a la puerta del vallado de la plaza del Mercado. ¡Mierda, mierda, mierda! Este no hace ni caso. Va a correr.

Veo que Claudia empieza a llamarlo, alarmada, pero él la ignora y sigue caminando. Ella se pone nerviosa y, entonces, hago lo único que se me ocurre.

La sujeto por los brazos y la obligo a mirarme. Tiene que tranquilizarse. Pero no, no se tranquiliza. Aunque no me haga gracia, parece tenerle una gran estima a Santiago y tiene miedo de que le pase algo.

—Shhh… tranquila. No pasará nada.

—¿Cómo puedes saberlo? Todos los años hay heridos en los encierros y ha bebido un montón.

—Voy a ir con él.

—¿Qué?

—Que voy a ir a buscarlo y correré el encierro con él. Me ocuparé de que no le pase nada.

No parece convencida.

—No. —Sacude con fuerza la cabeza—. Tú también has bebido, menos, pero también… me niego a sufrir por los dos.

—No tendrás que sufrir por nadie. Soy un corredor experimentado. —Y un poco borracho, es cierto, pero sé cómo hay que moverse y puedo apañármelas para devolverle al imbécil de Santiago sano y salvo.

—No… —insiste—. No voy a quedarme tranquila.

—Mira —le tiendo mi teléfono móvil—, llama a mi amigo Jacinto, el dueño de la casa en la que vimos ayer el encierro. Ve a su casa a verlo de nuevo y yo acudiré con Santiago cuando haya terminado. Estaremos bien, de verdad —enfatizo la última frase, pero tengo ciertas dudas.

La dejo ahí, plantada y con los ojos llorosos, y corro en

busca del imbécil de su amigo. Cuando al fin lo encuentro y, puesto que no me va a hacer caso y piensa correr en el encierro, me centro en darle consejos.

—No te quedes parado a mitad del recorrido, no toques a los toros ni corras detrás de ellos, si te caes...

—Que sí, Arturo, que sí. No te preocupes tanto y déjame disfrutar del momento.

¡Acabáramos! Pues nada, si no quiere consejos allá él.

A las ocho, entre los cánticos frente a la hornacina con la imagen de San Fermín, da comienzo el encierro: salimos con el resto de corredores, entre los que hay de todo, desde gente experimentada y de toda la vida como yo hasta australianos y americanos. Pasamos el primer tramo, que suele ser el más peligroso porque es donde más rápido van los toros.

Santiago corre a mi lado. Mucho protestar antes, pero ahora que estamos en el meollo creo que los tiene de corbata...

Llegamos al final del tramo de Mercaderes y estamos a punto de entrar en la calle Estafeta.

—¡La curva por la izquierda! —le grito a Santiago que, acojonado como está, asiente y obedece.

Es importante cogerla así porque los toros se estrellan contra el vallado en muchas ocasiones por culpa de la inercia y es fácil que se te lleven por delante si la coges por ese lado.

Llegamos a Estafeta y, aunque los toros aquí van más lentos, es un tramo peligroso. Es imposible aguantar toda la calle corriendo, en algún momento tienen que rebasarnos, así que tiro del brazo de Santiago y, junto a otro montón de corredores, nos hacemos a un lado y dejamos que pasen.

Los toros nos adelantan y, entonces, justo cuando volvemos a ponernos en marcha, noto en la cara de Santi que se está mareando. Se tambalea y se cae al suelo.

—¡No te levantes! ¡No te levantes! —grito.

Un toro viene rezagado y, aunque el pisotón será doloroso, sería muchísimo peor que se llevara un astazo.

Todo pasa en décimas de segundo aunque en mi cabeza puedo verlo a cámara lenta. El toro se acerca. Santi ignora lo que le digo y trata de ponerse en pie. Y yo, gilipollas de mí, no se me ocurre mejor cosa que acercarme a ellos para tratar de ayudar a Santiago, que no ha hecho más que joderme desde que ha llegado. Al mismo tiempo, localizo a Claudia en el balcón de Jacinto y, cuando sus ojos fijan la mirada en los míos, el toro me alcanza y me embiste.

Sigo mirándola.

Pese al dolor que siento no puedo dejar de hacerlo. ¿Y si no vuelvo a verla?

El toro se ensaña conmigo. La ingle, el muslo... siento como, al final, varios corredores lo alejan de mí y me arrastran para sacarme de ahí. Ni rastro de Santi. Ese se ha puesto en pie y se ha largado como alma que lleva el diablo. Menudo cobarde.

Estoy a punto de perder la consciencia, pero antes de hacerlo miro por última vez a mi chica de asfalto.

Capítulo 16

Claudia

Estoy segura de que mi grito resuena por todo Pamplona. Arturo, mi hombretón del norte, mi ganadero, mi... empitonado por un toro por salvar al imprudente de Santiago, que nunca debería haber corrido en su estado.

Grito, grito como una loca y, luego, cuando veo que los servicios sanitarios se lo llevan, me callo.

De pronto siento que me empiezan a sudar las manos y se me nubla la vista. Todo se pone negro, pero puedo ver los ojos de Arturo mirándome desde la calle, diciéndome que me quiere. Porque eso es lo que dicen sus ojos. Dicen: «puede que no salga de esta, pero recuerda que te quiero».

Lo sé.

Y lo sé porque los míos le responden que yo también le quiero.

Al final, los ojos de Arturo se desvanecen y solo queda la oscuridad. En medio de ella, me desvanezco. Vamos, que caigo redonda del susto.

Cuando abro los ojos ya no estoy en casa de Jacinto. Estoy en una cama de hospital con la cabeza vendada. Me la toco. ¡Ay, duele! Parece ser que me he dado un buen golpe. ¿Qué ha pasado? Y, lo más importante ¿cómo está Arturo?

Me incorporo un poco y veo que sentado, junto a la cama está mi director.

—¡Ahí va, la hostia! —exclama cuando se percata de que lo miro—. Menudo susto nos habéis dado, chavales.

—¿Qué haces aquí, Juancho? ¿Qué ha pasado?

—Te caíste en la terraza de Jacinto y al parecer te golpeaste con una maceta. Te has hecho una buena brecha. Te han tenido que poner puntos y has estado inconsciente un buen rato.

Lo miro sin decir nada. Todavía estoy un poco confusa.

—Jacinto no sabía a quién llamar porque como no tienes familia aquí... Entonces alguien le recordó que trabajas en la oficina del pueblo y, como me conoce, se le ocurrió llamarme.

Asiento. ¿Y Arturo? Juancho parece leerme la mente porque responde sin que tenga que preguntárselo siquiera.

—No te preocupes. Ha sido menos grave de lo que parecía, al parecer las heridas son superficiales.

Suspiro aliviada. ¡Está bien, está bien, está bien!

—Cuando terminen de curarlo lo traerán aquí.

—¿Aquí? —pregunto sorprendida.

—Miren anda por ahí, haciendo uso de sus contactos. Trabajó un tiempo como enfermera, pero lo dejó para criar a nuestros hijos. Por eso ahora me controla tanto...

No tiene nada más que hacer en casa y se aburre. Antes era una mujer muy activa, ¿sabes?

Esbozo una sonrisa al pensar en lo mandona que es y la imagino riñendo a los pacientes.

—Ahora andará por los pasillos saludando a todas las enfermeras y médicos de su época que todavía trabajan aquí. Ha sido ella la que ha liado a medio hospital para que os pongan en la misma habitación.

—Dale las gracias de mi parte.

—Quita, quita. En breve se las podrás dar tú. No creerás que no quiere que le cuentes la historia de primera mano, ¿verdad?

—Cómo iba a quedarse ella sin el cotilleo.

—¡Pues eso! —exclama Juancho levantando los brazos al aire y poniendo los ojos en blanco.

—Oye... —acabo de darme cuenta de que mi director ni me lo ha nombrado y no sé nada de él desde que en el encierro siguió corriendo y abandonó a Arturo a su suerte—, ¿sabes algo de Santiago?

—¿Santiago? —Se pasa la mano por la barbilla, pensativo—. ¿Es el chico del banco? ¿El de Recursos Humanos? ¿Ese que era amigo tuyo?

—Sí. También estaba en el encierro.

—Pues...

—Aquí estoy —dice una voz acaramelada desde la puerta—. Sano y salvo.

Santiago se pasea hasta el borde de mi cama, con un café en la mano y una cara en la que no se dibuja la preocupación, precisamente. Ya no va vestido con la ropa de anoche y tiene el pelo húmedo. ¡Este ha pasado por casa para ducharse y arreglarse! ¡Será...! Se me agolpan tantos insultos en la cabeza que no soy capaz de procesarlos.

—Pero... —Estoy tan cabreada que me cuesta expresar lo que siento.

—Siento no haber venido antes. —Se disculpa, aunque no parece sentirlo demasiado—. Cuando terminó el encierro, llamé a tu móvil y no lo cogiste. Así que decidí irme para casa. Pensé que nos veríamos allí o que ya me llamarías.

—¡No te cogí el teléfono porque del susto que me llevé con la cogida de Arturo un poco más y yo tampoco lo cuento!

—Ya... Volví a llamar más tarde, cuando ya estaba cambiado, y me descolgó una señora. —Se gira hacia Juan Ignacio—. ¿Su mujer quizás?

Él asiente, pero no dice nada más. Noto que Santiago no le ha caído precisamente bien.

—Me explicó con todo lujo de detalles lo que había pasado y, como ya se me había bajado la borrachera, vine hacia aquí.

—Ahora no querrás dártelas de prudente, ¿no? —siseo—. Insinuando que no hubieras cogido el coche si no hubieras estado bien. Y para correr el encierro, ¿qué? ¿No te das cuenta de que has puesto en peligro la vida de Arturo?

—Son cosas que pasan. Todos los años hay heridos por asta en los encierros.

—No me fastidies, Santiago, sabes que lo que le ha pasado a Arturo ha sido culpa tuya. No me vengas con chorradas y con datos estadísticos.

—No son datos. Es la pura realidad.

Si pudiera levantarme de esta cama le daría un bofetón. Juancho sí que se levanta y se gira hacia mí:

—Claudia, voy a ver por dónde anda Miren, vendré dentro de un rato a ver cómo te encuentras.

Juancho en su línea. Huyendo y dejándome sola con el marrón. Aunque este marrón está aquí por mi culpa.

Santiago se acerca a la cama y me coge la mano, que yo aparto de sopetón.

—No sé qué te han hecho en ese pueblo de mierda —dice en tono ofensivo—, pero ya no eres la misma. Pensé que querías que viniera a rescatarte.

—Santiago, tú no eres ningún príncipe azul y yo no soy una princesa indefensa.

—Puede que no, pero bien que me llamaste para que viniera a pasar un fin de semana contigo. ¿No era eso lo que querías?

—Quería, Santiago, tú lo has dicho, quería.

—¿Entonces?

—Entonces, ¿no te llamé hace algún tiempo para decirte lo feliz que era? ¿Desde cuándo hay que rescatar a la gente de la felicidad?

—Desde que no saben lo que es bueno para ellos —responde mirándome con suficiencia.

—¿Eso quiere decir que tú sí sabes lo que es bueno para mí?

—Sí —afirma convencido.

Y, cómo para demostrarme que lo que dice es cierto, acerca su cara y posa sus labios sobre los míos. Intento apartarme. No quiero que Santiago me bese. Por desgracia, estoy tan tumbada en la cama que apenas puedo moverme y mi amigo aprovecha para hacerse con la situación.

Me pasa la mano por detrás del cuello y, sujetándome por la nuca, me acerca a él con tanta fuerza que soy incapaz de evitar que me bese de nuevo. Esta vez, su hambrienta lengua se abre paso en mi boca.

No quiero besarlo, no quiero. No le devuelvo el beso, pero no puedo evitar que él se recree con mis labios.

Al cabo de lo que a mí me parece una eternidad, Santi se aparta de mí con una sonrisa de satisfacción en la boca. Se le ve tan seguro de sí mismo... No puedo creer que de verdad piense que esto es lo que yo quiero.

—Esto es lo que yo necesitaba, ¿verdad? —ironizo.

Santiago no parece captar el sarcasmo porque me mira satisfecho y responde:

—Sí. Por eso lo he solucionado todo. En septiembre estarás de vuelta en Valencia.

Ahogo un grito.

—Lo que oyes. Van a prejubilar a Juan Ignacio y a cerrar la oficina del pueblo. Está todo más que atado. Imagino que se lo comunicarán en un par de semanas.

Estoy a punto de responderle que tiene que arreglarlo, que eso no puede quedar así... cuando por detrás de la repeinada cabeza de Santi veo a Arturo tumbado en una cama en la puerta de la habitación. Ya lo han traído.

Su expresión no augura nada bueno y yo me pregunto: ¿cuánto rato lleva ahí? ¿Qué es lo que ha visto?

Miren y Juancho aparecen tras de él. Mi director y su mujer han escuchado la última frase de Santi y las expresiones de sus caras son un poema, pero estoy segura de que no han presenciado el beso. No puedo decir lo mismo de Arturo.

Antes de que yo pueda dar alguna explicación, escucho cómo Arturo se gira hacia Miren y dice:

—Sé que te has tomado muchas molestias para conseguirme esta habitación pero ¿podrías conseguirme otra? Me niego a permanecer bajo el mismo techo que según que personas e imagino que vosotros opinaréis como yo.

Sin mediar palabra, los tres intercambian una mirada y salen de la habitación.

Arturo no me ha dicho ni una sola palabra, pero he podido mirarle a los ojos y lo que me han dicho esta vez es muy diferente a lo que me decían antes del encierro. Cree que lo del cierre de la oficina y la prejubilación ha sido cosa mía. Pondría la mano en el fuego.

En el beso prefiero ni pensar.

Ahora mismo, sus ojos me dicen que me odia.

Gracias, Santiago, muchas gracias por la encerrona.

Arturo

No puedo creerlo, no puedo creerlo.

Estoy solo en una habitación de hospital. Bueno, si se puede llamar «solo» a estar escuchando el incesante parloteo de Miren. A lo que me refiero es a que soy el único enfermo de la habitación.

Estoy jodido. Sí. Y no solo por las heridas de asta, no. Estoy jodido de verdad por lo que acabo de presenciar en la habitación de Claudia.

El baboso del pijo ese... casi tumbado sobre ella... ¡besándola! Y ella no ha dicho nada: ni una protesta, ni un gesto, ¡nada! ¿Qué clase de novia deja que un ex le meta la lengua hasta la campanilla y no lo para? Porque ese no era un beso de amistad... Ese tío quiere algo más y ese beso era el aperitivo.

No puedo dejar de recrear la imagen en mi cabeza. No lo soporto.

¿Es esto lo que ha querido todo el tiempo? ¿Que Santiago viniera cual príncipe azul a rescatarla y la llevara a su castillo? Pues ya tiene lo que quería... Se ha entretenido unos meses con el ogro y ahora que ha llegado el príncipe encantador va a abandonar la ciénaga.

Creía que era diferente. Durante meses, ¡meses!, he pensado que no se parecía en nada a Lucía, pero me equivoqué. En el fondo, es igual. Una mujer que haría cualquier cosa para conseguir lo que quiere.

Y lo que Claudia quería era regresar a Valencia.

Si para ello ha tenido que llevarse por delante a Juancho y hacer que lo prejubilen, pues nada, que lo hagan. Remordimiento cero. Seguro que ella y su amiguito el de Recursos Humanos lo tenían todo más que hablado.

Y si tiene que liarse con Santiago para tenerlo contento y que le arregle la vida, pues hala, también. ¡Que no se diga!

Siento dolor. Y no es en las heridas que me han cosido con una cantidad considerable de puntos. Me duele el corazón. Una punzada que lo aprieta con fuerza y lo ahoga.

Me cuesta tanto creer lo que ha hecho Claudia... No me lo esperaba.

Debí ser más cauto. Elena ya me advirtió que tuviera cuidado y yo, tonto de mí, la ignoré. Me lo tengo más que merecido.

Trato de apartarla de mi cabeza; no quiero pensar en

ella, me niego. Lo curioso es que resulta difícil pensar con el pitido de la voz de la mujer de Juancho metido ahí dentro.

—¡Hostia, Miren! Calla de una vez...

Me mira sorprendida y agacha la cabeza al tiempo que murmura por lo bajo:

—Encima de que remuevo Roma con Santiago para conseguiros un cuarto juntos...

Al parecer, piensa que Claudia no tiene culpa de nada y que ha sido cosa de Santi, que quiere reconquistarla. En realidad, lo que pasa es que está encantada de que va a tener a su maridito para ella las veinticuatro horas del día. No está enfadada, está como unas castañuelas. Y, claro, teniendo en cuenta que ni ella ni Juancho han presenciado lo del beso...

Yo no voy a contárselo. Puede que sea un cornudo, pero me niego a que los demás lo sepan. Prefiero que piensen que todo mi enfado viene por el cierre de la oficina y el traslado.

El pobre Juancho no se atreve ni a abrir la boca. Está cagado. Si trabajando en la oficina todavía tenía que escabullirse de la mandona de su mujer por las noches, ¿qué va a hacer ahora con ella detrás a todas horas?

Siento lástima por él.

Estoy seguro de que ahora mismo también está enfadado con Claudia. Pero yo no estoy enfadado, no. Estoy mucho más que eso: estoy furioso. Y no creo que pueda perdonarla por esto.

Se vuelve a Valencia y no como me dijo ella dentro de dos años, no. Y, para más inri, se vuelve acompañada.

No quiero verla. He tomado una decisión y no quiero

verla. Si la veo puedo flaquear y no pienso quedar como un bobo delante de ella. Lo mejor es cortar por lo sano. Antes de que recuerde que me he enamorado de ella hasta las trancas.

Si es que soy gilipollas.

—Miren, disculpa, estoy un poco nervioso con todo lo que ha pasado. —Más me vale tenerla de buen humor si quiero que me haga este favor.

—Disculpado.

—¿Puedo pedirte un favor?

—Claro, ¿no ves que me he desvivido para que te atendieran bien? ¿Qué más necesitas?

—Búscale a Claudia un nuevo alojamiento.

—¿¿Qué??

—Por una vez, Miren y Juancho parecen estar de acuerdo en algo y no lo entiendo, la verdad. ¿Les parece mal? ¡Pero si Juan Ignacio es el primer damnificado por esta situación! Me juego el cuello a que, si le preguntara a Claudia, diría que lo del director han sido... daños colaterales o algo así.

—Lo que oís. No quiero verla cuando me den el alta —recalco—. Miren, estoy seguro de que le encontrarás un hueco en casa de algún familiar o de alguna amiga.

Me miran incrédulos.

—Lo digo en serio. ¿Podrás hacerlo?

—Sí, claro... pero... hijo, ¿tú estás seguro? Mira que esa chica te quiere...

—¿Es que no ves lo que ha hecho? ¡Por su culpa van a cerrar la oficina y a Juancho lo mandan para casa!

Juancho se acerca a nosotros para apaciguar mis ánimos.

—Venga, Arturo, no te pongas así. En primer lugar, no creo que la chica tenga tantas influencias como para conseguir que cierren una oficina. Si las tuviera nunca la hubieran trasladado aquí. Y en segundo lugar —me manda callar cuando se percata de que voy a intervenir—, aunque hubiera sido cosa suya, tampoco es para tanto.

—Claro que me ha hecho algo —gruño por lo bajo al tiempo que mi mente reproduce a toda velocidad las imágenes del beso entre Claudia y Santiago—. Claro que me ha hecho algo.

—¿Qué problema tienes tú? ¿Tanto te molesta tener que ir hasta la oficina de Lekunberri? No está tan lejos...

—¿Qué cojones dices, Juancho?

—Pues que no sé qué ha hecho para que tú te enfades tanto.

—¿Que qué ha hecho?

Cierro los ojos y cojo aire tratando de calmarme antes de decirlo en voz alta. Al final, decido no contarles el verdadero motivo. Es mejor que no lo sepan, así que, en lugar de eso, digo:

—Se marcha a Valencia. Se va.

Ante esta afirmación, ambos se callan, por fin, y se miran con complicidad. Ahora lo entienden. Lo extraño es que Juancho no parece estar enfadado con ella. Es más, le ha restado importancia a lo que va a pasar. Pero yo no puedo. Imposible.

No es porque cierren la oficina.

No es porque prejubilen a Juan Ignacio.

No es porque esto lo haya tramado a mis espaldas con el capullo de Santiago.

No. Esto es porque se supone que me quería y estaba ahí, tan tranquila, besándose con otro tío en mis narices. Y encima, para terminar de rematarme, se va de mi lado.

Y yo no puedo hacer nada por evitarlo. Así que hago lo que mejor sé hacer: romper todo contacto.

Capítulo 17

Claudia

Como cierran la oficina a final de mes, Juancho no ha podido cogerse las vacaciones que tenía planeadas. Se las pagarán con el finiquito y yo me las cogeré ahora, como había pedido. Él cerrará solo la oficina. Así que aquí estoy, en pleno mes de agosto, y sin haber disfrutado de un día libre excepto los que estuve hospitalizada.

Antes de salir del hospital, Miren y Juancho se pasaron a verme. ¡Gracias a Dios ellos no estaban enfadados! Por desgracia, no eran portadores de buenas noticias...

Arturo sí estaba enfadado.

Lo entiendo. Si vio lo que yo creo que vio... Yo no estaría enfadada, estaría furiosa, iracunda y, casi con toda seguridad, con ganas de matar a alguien. Probablemente a la mujer que lo hubiera besado. Seguro que si Arturo se topara de nuevo con Santiago le partiría la cara bien a gusto.

A Santiago le puse los puntos sobre las íes y tuvo que meter el rabo entre las piernas y volver a Valencia, pero el mal ya estaba hecho.

Por desgracia, en lo que respecta al asunto de la oficina, no hay nada que hacer. Por lo visto, Santi sugirió el cierre y a los de arriba no les costó nada tomar la decisión de hacerlo. No es una oficina rentable y eso lo supe yo desde el primer día que puse un pie en ella. Antes o después tenía que suceder.

En cuanto a Arturo, hemos rescindido el contrato de alquiler. Fui a casa a recoger mis cosas aprovechando que él todavía seguía en el hospital. Ya me había dejado bien claro que no quería saber nada de mí y no quería encontrármelo. Habría sido demasiado duro.

Hice un par de intentos de hablar con él y arreglar las cosas mientras estuve ingresada en el hospital, pero no quiso tener nada que ver conmigo. ¡El muy imbécil llamó a la enfermera e hizo que me sacaran de la habitación!

He seguido probando por mensaje, teléfono... y nada. La callada por respuesta.

Sé que además de lo del beso está dolido porque me marcho. Sé que le cuesta asumirlo, pero no puedo creer que de verdad piense que esto es cosa mía. Creía que me conocía, que en estos meses que habíamos compartido se había dado cuenta de cómo era yo.

Pero no.

Miren me recomendó alojarme en un precioso hotelito que hay en el pueblo de Lekunberri, el hotel Ayestarán. Lo cierto es que este pueblo no tiene nada que ver con el de Arturo. ¡Esto es otra cosa! Aunque no tengo ningún Zara, sí dispongo de casi todos los servicios que una persona necesita en su día a día y a Pamplona se llega en un santiamén. No puedo negar que estoy a gusto. Además, el hotel tiene un restaurante en el que se come de vicio: entrante, primer plato, segundo y postre. No, si cuando llegue a Valencia al final me va a tocar renovar el vestuario como siga así... También tiene una piscina, en la que estoy ahora tomando el sol.

Sí, el mes de agosto ha traído consigo al sol y, como no sé cuánto durará, aquí estoy; intentando ponerme morena y quitarme el blanco nuclear que arrastro desde que llegué a Navarra.

Mañana hay mercado medieval en la ciudad. Me han dicho que es una pasada, que invade todas las calles del casco antiguo. Tengo ganas de verlo. De hecho, tenía tantas ganas de verlo que, en su momento, le dije a Arturo que no nos iríamos a Valencia hasta después de las fiestas. Ahora, la única que va a volver a la ciudad soy yo. Y sola.

No entiendo a Arturo. Se ha encerrado en sí mismo y no atiende a razones. Se ha cerrado en banda y así es imposible arreglar nada. ¿Cómo solucionar las cosas con alguien que se niega a verte y a dirigirte la palabra?

Ahora viene al banco cuando yo salgo a almorzar a media mañana. Lo sé porque el otro día volví más rápido de lo habitual y lo encontré allí, hablando con Juancho. Se sorprendió un poco al verme, pero enseguida se sobrepuso. Ni una mirada, ni un gesto; nada. Absoluta indiferencia.

No puedo creer que eso sea lo que siente por mí. Pero es lo que trata de aparentar. Puede que él no me conozca a mí, pero yo sí lo conozco a él.

Por eso he decidido intentarlo una última vez.

Sé que mañana vendrá al mercado y yo voy a obligarlo a escucharme. ¡Tendrá que hacerlo quiera o no! Y, si después de oírme, sigue sin querer arreglar las cosas... ¡entonces se acabó! Prepararé la maleta y volveré a casa sin mirar atrás. Volveré a mi vida y olvidaré los acontecimientos de este último año.

El día siguiente amanece soleado y despejado, creo que hasta hace un poquitín de calor. ¡Qué gusto! Aprovecho el buen tiempo para ponerme unas sandalias, unos shorts y una blusa fresquita. Pensaba que nunca llegaría a usar esta ropa aquí.

Desayuno con tranquilidad y salgo al jardín, donde me siento a esperar a Miren y Juancho. Como mañana regreso, han decidido pasar el último día conmigo. ¡Son un encanto! Me percato de que ya están aquí cuando escucho el sonsonete de Miren riñendo a mi director. ¡Ay, qué mujer!

—Juan Ignacio —le reprende muy seria—, ni se te ocurra dejarnos ahora solas para irte a beber sidra y comer chistorra con tus amigos.

—¡Pero Miren! Si lo hago por vosotras, para que podáis hablar a gusto.

—Nada de excusas. Eres mi marido y tienes que estar conmigo.

—Pero...

—Pero nada. ¿Qué quieres, que todas las marujas del pueblo se piensen que estamos enfadados? Desde que te perdiste en el monte corre el rumor de que ibas a fugarte. No pienso darles más que hablar.

—Mira que eres exagerada.

—¡Tú no sabes la vergüenza que paso los domingos en la iglesia! —exclama ofuscada—. Si algún día pisaras la casa del Señor lo sabrías.

—Está bien, está bien. Me quedaré con vosotras —acepta de mala gana antes de girarse hacia mí—: Lo hago por ti, Claudia, que conste. Porque es tu último día y me da mucha lástima que te vayas.

—¿En serio?

Asiente con la cabeza y puedo leer en su expresión que es la verdad. Juan Ignacio y yo nos hemos cogido mucho cariño.

—Bueno, ahora cuando te den las vacaciones en septiembre os venís unos días a Valencia a disfrutar del sol y la playa.

—¡Y a comer paella! —dice Miren, emocionada.

—Y a probar el Agua de Valencia —añade Juan Ignacio.

—Por Dios, Juancho, ¿puedes pensar en algo que no tenga graduación alcohólica?

Mi director ha dejado de hacer sus salidítas nocturnas, pero le sigue encantando la juerga. Sin poder evitarlo, sonrío.

—Hombre, hacía días que no te veía hacerlo.

—Tampoco había demasiados motivos, ¿no?

—Bueno, vas a volver a tu tierra, ¿no te alegra eso? —inquiere.

Eso me hubiera dejado en éxtasis unos meses atrás, pero ahora... ahora solo quiero volver con Arturo. Que me envuelva con sus fuertes brazos y que me bese hasta que ya no pueda más. Eso es lo único que quiero. Lo único que necesito. Y, por lo visto, lo único que no puedo tener.

Echamos a andar y empezamos a recorrer el mercadito. Su fama es merecida, ¡es enorme! Empezamos por la parte en la que venden comida y donde aprovecho para comprar algunas cosas para llevarles a mis padres y seguimos con los puestos de artesanía, donde cae alguna pulserita que otra. ¡Es imposible irse de aquí con las manos vacías!

El pueblo entero parece haberse transportado a otra época: las calles están llenas de balas de paja y banderas del medievo y cuelgan guirnaldas de las casas. Los puestos están todos hechos de madera, los animales invaden las calles y los aromas que se entremezclan dan la sensación de estar en la Edad Media.

Disfrutamos del paseo y las compras. Cuando ya estamos agotados nos detenemos en el puesto de sidra y chistorra con el que Juancho lleva dando el coñazo todo el santo día. Allí, efectivamente, están sus amigos acompañados de sus señoras. Se ponen a saludar y yo me aparto.

Recorro con la mirada la plaza en busca de Arturo. Sé que venía al mercadillo porque Miren y Juancho me lo han dicho. Como veo que están ocupados, me escabullo y me pongo a buscarlo. Tengo que hablar con él. Quiera o no.

Entonces, cerca de donde tienen a las aves rapaces, localizo a su amigo, el del balcón de los sanfermines. Jacinto, creo que se llamaba. Lo saludo con la mano y me devuelve el saludo, así que me hago el ánimo y me acerco a él.

—¿Qué tal? Eras Claudia, ¿verdad?

Asiento y luego le doy dos besos.

—¿Cómo te encuentras? ¡Menudo susto nos diste aquel día en el encierro!

Me sonrojo al recordar mi numerito en su terraza.

—Bien, bien. No fue para tanto. Unos pocos puntos y veinticuatro horas en observación por si las moscas.

—¡Me alegro! Menos mal que lo de Arturo tampoco fue grave.

—Sí, gracias a Dios. —Solo de recordar el momento de la cogida se me ponen los pelos de punta y se me encoge el corazón.

—La verdad es que fue muy aparatoso, pero, bueno, tu hombre es fuerte. Lo he visto antes por ahí y está como una rosa.

Jacinto no sabe que hemos roto, ¿quiere eso decir que todavía tengo una oportunidad? Si quiero encontrarlo, tendré que mentir.

—Sí, está estupendo. —Venga, vamos a contar mentiras, tralará—. Por cierto, ¿dónde dices que lo has visto? He ido a comprarme algo de bisutería y lo he perdido de vista.

—Está al fondo de la plaza, con un amigo suyo que también es ganadero, pero de vacas lecheras.

—Ah, pues gracias. Me voy para allí a buscarlo antes de que se crea que se me ha tragado la tierra.

Me despido con la mano mientras camino hacia el lugar que me ha indicado. Lo localizo enseguida. Con su camisa de cuadros y sus vaqueros raídos; con su espalda ancha y su grave voz. Un escalofrío me recorre el cuerpo al verlo y recordar lo que era sentir sus labios sobre los míos.

Me coloco a su lado y musito en voz baja:
—Hola.

Arturo se gira sorprendido al escuchar mi voz y, si bien sé que no quiere responderme, lo hace, aunque en un tono irónico que me da ganas de vomitar.

—Hola, Claudia. ¿Todavía por aquí?

—Mañana regreso a Valencia. Es mi último día.

Me mira serio, muy serio. Sé que no quiere hablarme, pero hay gente delante, y si hay algo que no le gusta a Arturo son los numeritos.

—Es lo que querías, ¿no? —ironiza.

—No, no es lo que quería. —Me planto delante de él y lo miro a los ojos—. Lo que yo quiero es estar contigo.

—¡Ja!

Su risa falsa me cabrea. Él sabe que lo quiero.

—Arturo, sabes que lo digo de verdad.

—Si fuera verdad no habrías dejado que el baboso ese te besara... No me has respetado.

Vale, o sea que estaba en lo cierto, Arturo sí que vio todo lo del beso.

—No puedes ser tan injusto. Él me besó y no pude evitarlo. No es algo que yo quisiera.

—Claro, claro. Como tampoco querías regresar a tu ciudad, ¿no?

No piensa ceder. No piensa darme tregua. Se ha empecinado en que todo esto es cosa mía y de ahí no hay quien lo saque, pero he de intentarlo por última vez. No puedo darme por vencida a la primera de cambio.

—¡Por Dios, Arturo! Sabes que te quiero, que quiero estar contigo. No pude evitar lo que pasó y tú deberías saber que yo no quiero nada con Santi. Igual que sabes que lo del cierre de la oficina no es cosa mía. Yo no tengo la culpa.

Gruñe algo que no logro descifrar.

—Tengo que irme a Valencia, no me queda otra. Igual que tuve que venir a Navarra, ¿tanto cuesta de entender?

—Te vas porque quieres —afirma—. Y te vas con él.

—¡Claro que no! Me voy porque mi trabajo está ahora en Valencia. Y no me voy con él. Me voy sola y es culpa tuya, porque no quieres saber nada de mí. ¿Qué querías que hiciera?

Agacha la cabeza antes de responder:

—Quería que le dijeras que parase, que se alejara de ti, que era a mí a quien querías y que no pensabas volver a Valencia. Quería que te quedaras aquí, conmigo.

—Arturo... yo traté de apartarme...

—A mí no me lo pareció. No vi que opusieras mucha resistencia.

—Sabes que te quiero.

No responde.

—Puede que me hubiera quedado contigo, Arturo, puede que lo hubiera hecho si no me hubieras apartado tan rápido de tu vida. Si me hubieras dado la oportunidad de explicarme...

Me mira con los ojos muy abiertos, sorprendido por mis palabras.

—Te he buscado para tratar de arreglar las cosas, pero me doy cuenta de que no vale la pena. Lo nuestro se acabó. Mañana vuelvo a casa y nunca volveremos a encontrarnos.

Me doy la vuelta y me alejo de él. De pronto siento que estira el brazo y me agarra la muñeca para que me detenga y noto que algo en él ha cambiado en los últimos segundos. Presiento como si hubiera una bomba a punto de explotar en cualquier momento.

—Claudia.

Su voz es fría e impersonal. Ya no parece ni siquiera enfadado conmigo. Es como si no me conociera.

—¿Sí?

Me mira con un aire de superioridad que me enerva.

—Nada, solo que creía que eras diferente. Creía que dentro de tu bonito envoltorio había algo. Pero ya veo que no.

Estoy tan sorprendida por sus crueles palabras que ni siquiera le respondo.

—No me pongas tus ojitos de cordero degollado... No me he tragado nada de lo que me has dicho. Lo tenías todo perfectamente tramado desde el día que pusiste un pie en mi casa.

—¿Qué?

—Lo que oyes, bonita. Que todo eso de que me querías no eran más que cuentos —sisea con rabia—. He sido puro entretenimiento. Ahora que ya ha venido tu salvador a mí no me necesitas para nada, por eso te marchas.

Las lágrimas amenazan con asomar a mis ojos. Las palabras de Arturo son hirientes, muy hirientes. ¿Cómo puede pensar eso de mí? ¿Cómo?

Quiero responderle y mandarlo a la mierda. Decirle que es un capullo que no sabe lo que es el amor y que está tirando esta relación por la borda él solito. Pero las palabras no me salen. No puedo hablar.

Así que, como no puedo seguir escuchándolo, me doy la vuelta y me marcho.

Para siempre.

Arturo

Observo a Claudia alejarse de mí con paso decidido. La he perdido, la he perdido para siempre. Y lo peor es que he sido yo el que la he apartado de mí. He sido cruel y no creo que lo que le he dicho sea cierto, pero estaba tan enfadado que quería que se sintiera igual de mal que yo y, por lo visto, lo he conseguido.

Han pasado ya varios días desde que Claudia se marchó. Lo sé porque el mismo Juancho me lo ha confirmado. Al día siguiente del mercado cargó sus cosas en el Golf y cogió la carretera de camino a Valencia.

Pienso en ella y me cuesta creer que estamos separados por más de quinientos kilómetros. No es lo único que nos separa. También estamos separados por el muro infranqueable que yo mismo construí al verla besarse con Santiago y que terminé de rematar con nuestra discusión.

Es un muro insalvable.

Aunque quisiera arreglar las cosas, aunque quisiera retractarme, ya no hay nada que hacer.

Estoy bien jodido.

Sé que le he hecho mucho daño. Puede que incluso más del que ella me ha hecho a mí. Ahora, solo me queda esperar a que pase el tiempo, que como no dejan de recordarme Miren y Juancho, todo lo cura.

Sé que ya nunca seré feliz. Si ahí fuera había una mujer para mí, era Claudia. Nadie podrá llenarme nunca como ella lo hacía. Así que a partir de ahora seguiré solo. Con mi ganadería y mis aficiones. El montañismo y el surf me relajan. Me pierdo en los bosques a pensar o me dejo llevar por las olas para poner la mente en blanco. Y, cuando llegue el otoño, iré a recoger setas.

Mi amigo Jacinto me ha llamado para quedar un par de veces, pero no me apetece. Quiero estar solo. Algo que

Miren y Juancho no parecen entender porque recibo invitaciones para quedar con ellos noche sí, noche también. Y a Miren no hay quien le diga que no. Como, además, a Juancho le queda un telediario en la oficina, me sabe mal negarme.

Están planificando sus vacaciones. Se van a Benidorm y no hacen más que insistirme para que me una. ¡Lo que me faltaba! Soportar a Miren noche tras noche bien, pero toda una semana... No, yo también tengo un límite. Además, no quiero estar en la misma comunidad que Claudia. Resultaría insoportable pensar que, a pesar de estar tan cerca, no vamos a vernos.

Pero ellos, o mejor dicho, Miren, erre que erre.

—Tú sabes lo bien que te vendría... Vamos a alojarnos en el hotel Bali. Nos dan pensión completa y luego a tomar el sol a la playita. Con lo que te gusta a ti el mar... —insiste una noche que he ido a cenar.

—Joder, Miren, ya está bien. He dicho que no.

—Mujer, deja al pobre Arturo —interviene Juancho—. Si no quiere venir que no venga... aunque a mí me encantaría.

Me parto. El pobre lo deja caer así, como quien no quiere la cosa. Anda que no agradecería tener la compañía de otro hombre y no solo la de la marisabidilla de su mujer. Pero oye, que él la eligió. Ahora que se la coma con patatas.

—Pues yo creo que te equivocas al no venir, Arturo.

Y dale, a esta mujer parece que le hayan puesto pilas Duracell. Hay que ver lo bien que cocina y lo mal que me acaban sentando todas sus cenas. ¡Siempre consigue indigestarme con sus comentarios!

—Es verdad, lo digo en serio.

Juancho y yo nos miramos y dejamos que siga con su perorata. Es imposible callarla, así que mejor que cuente lo que le venga en gana. Al menos habrá alguien contento.

—Es más —continúa—, lo que en realidad deberías hacer es bajarte con nosotros en el coche y que te dejemos en Valencia.

Al escuchar la última palabra un trocito de carne se me va por el otro lado y me atraganto. Empiezo a toser como una bestia y Juancho me pasa un vaso de agua que bebo de golpe.

—Pero, hijo, no te pongas así... Es que no entiendo por qué no has ido ya a buscarla.

—Miren, te tengo mucho aprecio, pero no voy a consentir que te metas en mi vida.

—Pues es que alguien tiene que decirte las cosas claritas y como Juancho no va a ser...

Niego con la cabeza y replico:

—No voy a buscar a Claudia. No tengo nada que hablar con ella.

—Pues yo creo que sí.

¡Hostia! Esta mujer es incombustible. Ahora empiezo a entender las escapadas de Juancho... estoy por salir por patas yo también.

—Que sí, que sí y que sí. A ver, ¿por qué estás tan enfadado como para no poder hablar siquiera con ella?

Ya estamos con lo mismo.

—Joder, pues por el cierre de la oficina; porque se marcha. ¿Por qué va a ser?

Miren se levanta, retira los platos y se dirige a la cocina

para traer el postre. Antes de salir del comedor se gira hacia mí y, como quien no quiere la cosa, dice:

—¡Y yo que pensaba que era por lo del beso con su amigo Santiago!

¿Qué dice? Estoy boquiabierto, pero no hace falta que diga nada. Ya tenemos a Miren para eso.

—¡Ay, Arturo! Juancho y yo lo vimos todo. Que seamos muy discretos y no hayamos dicho nada es diferente... pero vuestro enfado está durando ya demasiado. No me queda otra que tomar cartas en el asunto. No puedo callarme más tiempo.

Juancho me mira y se disculpa con la mirada. No hay nada que hacer con Miren.

—Está todo decidido. Mañana sábado salimos para Benidorm y haremos escala en Valencia.

Muy bien, Arturito, a ver quién es el guapo que le dice que no a esta mujer.

Al día siguiente, en un último intento de escapar de las tretas de Miren, me visto con el mono azul y me dirijo a la granja a ver a las pocas vacas que tengo ahí; el resto campan a sus anchas en los prados colindantes, como siempre que llega el buen tiempo. Al cabo de una hora, estoy tan enfrascado en mi tarea que no me entero de que llegan.

—¿Pero se puede saber qué haces con esas pintas?

La voz de Miren resuena por toda la granja y mis vacas, que habitualmente son tranquilas, empiezan a mugir alteradas. ¡Hostia! Si es que esta mujer sacaría de quicio al mismísimo Job.

—Te dije ayer que estuvieras preparado y ¡mírate! Estás hecho un asco...

—Muchas gracias por la parte que me toca.

—Pues no hay tiempo —sentencia—, tendrás que venirte así a Valencia.

—¡Ni hablar! Ya os dije que no pensaba ir.

Me callo al ver a Juancho que asoma la cabeza por la puerta.

—¿Queréis daros prisa? Tengo el coche en marcha y hemos de estar en Benidorm a mediodía.

Lo miro sin comprender.

—Tenemos pensión completa —explica—, hay que llegar para comer.

—Pues no os preocupéis por mí, haced camino. Yo tengo mucho trabajo.

Miren se me acerca y, decidida, me suelta una colleja de las buenas.

—¡Joder! —exclamo al tiempo que me froto la nuca.

—Tira para el coche —ruge—. Y no quiero escuchar ni una sola queja más. Que nos va a tocar viajar con este magnífico aroma a res y pienso hacer el sacrificio por vosotros porque, leñe, parece que los empujoncitos no te valen, hijo.

Se ve que no.

Y, Miren, para solucionarlo, ha decidido empujarme al vacío.

Capítulo 18

Claudia

Llevo ya unos días en Valencia y estoy hasta las narices del calor. ¿Esto es lo que yo echaba de menos? Voy con la nuca chorreando todo el día, lo que equivale a que cada noche tenga que lavarme el pelo y, eso, en Valencia, es otra historia. ¿Cómo no recordaba la cantidad de cal que tiene el agua de la ciudad? No hay manera... se me queda fatal el pelo todos los días. ¡Con lo bien que se me quedaba en Navarra!

Y mi casa... siento que me falta el aire. Ahora me siento encerrada en mi loft, pero, claro, hay que tener en cuenta que comparto cincuenta metros con mi hermana pequeña. ¡Cama incluida! Y pensar que me sentí asfixiada cuando llegué al norte por estar en medio de la nada. ¡Quién me lo iba a decir!

De mi nuevo trabajo ni hablamos. Vuelvo a ejercer de subdirectora, pero en una oficina en la que tenemos trabajo por arriba de nuestras cabezas y, para rematar la jugada, tengo un director adicto al trabajo que nos hace quedarnos todas las tardes hasta las ocho. Joder, que casi tenía más vida social en el campo...

La relación con Santi no pasa por su mejor momento. Hablamos un par de veces porque con mi reincorporación fue necesario por asuntos laborales, pero no quiero volver a saber nada más de él.

Y luego está Arturo.

Me acuerdo de él todos los días. A todas horas.

Aunque mis últimas semanas en Navarra ya no las pasé a su lado, no puedo evitar recordar las rutinas que ambos compartíamos: los despertares a su lado, las comidas en la posada, las cenas en casa, las noches viendo las estrellas desde el prado... Apenas veo las estrellas aquí, las luces de la ciudad no me lo permiten.

Y así podría seguir con una larga, larga lista.

El problema no es mi vuelta a la ciudad, el problema es que Arturo ya no está conmigo. Y como no está, pues todo me parece un asco. Un auténtico asco.

—Vete a gastar la Visa un rato —sugiere mi hermana.

—Uf, no me apetece.

—¿Qué dices? —Me mira como si me hubiera vuelto loca—. Pero si eras una loca de las compras. Venga, que te acompaño.

La miro sin responder. Me siento tan apática...

—Ni se te ocurra protestar. Hoy vamos a tener un día de chicas.

—Vale.

Me agarra de la mano, me saca de casa a rastras y me mete en el coche en dirección al centro. Si un día de compras compulsivas no me sube la moral ya no sé qué lo hará.

Unas horas más tarde, el balance de la jornada es bastante positivo: hemos recorrido las tiendas de la calle Colón y de los alrededores y vamos cargadas con bolsas que contienen ropa, bolsos y zapatos. Al más puro estilo *Pretty Woman,* pero sin nadie que nos cargue los trastos. Ahora nos disponemos a sentarnos en La Petite Brioche para tomar el brunch antes de ir a hacernos las uñas.

Nos pedimos unas quiches con ensalada y rezamos para que quede un hueco en nuestros estómagos para poder saborear una de las deliciosas tartas que tienen. La verdad es que me encanta el local: tiene una decoración vintage muy cuidada que lo convierte en un sitio de lo más acogedor. A mí me recuerda a las *bakeries* neoyorquinas. ¡Ay! Un viajecito a la Gran Manzana, eso sí que me subiría la moral.

—Va, confiesa —dice mi hermana a la vez que me escruta con la mirada desde detrás de sus gafas de pasta azules—. Confiesa que la terapia ha surtido efecto.

—No puedo decirte que no...

—¿Pero?

—Es muy sencillo, Isabel, lo que pasa es que aunque me siento más animada es imposible que unas compras me hagan olvidar mi ruptura con Arturo.

—¿Tan en serio ibas?

Puede que ni yo misma lo supiera al principio, pero así era. Cada día que pasaba estaba más y más convencida de que era el hombre de mi vida. Tanto, que me hubiera quedado si me lo hubiera pedido.

—¡No me jodas, Claudia! ¿Tú viviendo para siempre en un pueblo perdido en medio de un valle? Discúlpame, pero no lo veo —exclama mientras se aparta su rubia melena de la cara.

—Te confieso que he echado de menos el día a día de la ciudad, pero ¿sabes qué? He sido muy feliz allí.

Mi hermana coge mi bolso de golpe y se pone a rebuscar.

—¿Qué haces?

—Buscar tu móvil. Quiero ver a ese tío. Muy bueno debe estar para que estés así.

Suelto una carcajada ante la ocurrencia de mi hermana y pienso que sí, que Arturo estaba más que bien. Pero que, aunque eso fue lo que primero me llamó la atención de él, no fue su físico lo que me enamoró, fue su personalidad.

Recuerdo la primera bronca que me echó por malgastar agua y es inevitable que las lágrimas asomen a mis ojos. Al final, consigo contenerlas y, con una sonrisa en la cara, le cuento a mi hermana cosas de mi hombretón del norte: su afición por el surf y el montañismo, sus pectorales de tableta de chocolate, su sacrificio para sacar adelante la granja de sus padres, el horrible mono azul que usaba para trabajar en la granja... y sigo y sigo hasta que no queda comida en la mesa.

Mi hermana mira el reloj y decide que es hora de irse.

—No querrás que lleguemos tarde a Paniselo. Llevas unas uñas horrendas.

Asiento porque tiene razón. Creo que no me he hecho ni una manicura desde que me fui a Navarra.

Nos ponemos en pie y recorremos la calle Sorní hasta llegar al cruce con Colón y Jorge Juan. Estamos a punto de girar hacia esta última cuando mi hermana se detiene de sopetón, deja caer las bolsas al suelo y, con la boca muy abierta, señala hacia el otro lado de la calle Colón, en la plaza de los Pinazo.

Yo miro también, pero no entiendo que es lo que la tiene tan asombrada. En esta plaza hay una boca de metro y está una de las entradas al Corte Inglés, por lo que suele ser un lugar abarrotado de gente. Está claro que, entre el gentío, algo ha llamado la atención de mi hermana. Por su cara, debe ser bastante escandaloso.

—El mono ese que dices que llevaba Arturo, ¿es así, de tipo albañil?

—Sí —respondo sin hacerle mucho caso, porque estoy más centrada en localizar lo que sea que ha visto mi hermana—. ¿Por?

—Pues... porque me parece que tu ganadero ha venido a visitarte y no se ha quitado la ropa de trabajo.

—¿Qué dices?

—¡Es como en la peli de Cocodrilo Dundee!

Mi hermana me coge de la barbilla y gira mi cabeza hacia el paso de peatones. Ahí un hombre rubio y con un mono azul se pasea nervioso y algo desorientado, como si no supiera dónde está. No puedo verle la cara entre tanta gente.

—Acaba de bajar del coche que conducía un matrimonio de unos sesenta años. La mujer ha salido, le ha abierto la puerta y lo ha obligado a salir del coche. Luego, se han largado a toda prisa.

—Miren y Juancho —murmuro para mí.

—¿Tu director y la mujer? Pues puede ser que fueran ellos, se parecían a los que he visto antes en las fotos del móvil, y ese —señala al chico del mono— también se parece a tu hombretón del norte.

En ese preciso momento, el semáforo se pone verde y mi hermana, en otro arranque, recoge las bolsas del suelo a toda prisa y se dispone a cruzar, derechita hacia él.

Yo, que temo lo que mi hermana pueda decir, la sigo. Ya casi estamos a su altura cuando mi hermana hace una mueca y se gira hacia mí:

—¡Qué asco! Pero si huele fatal...

Olfateo el aire y reconozco ese característico aroma a vaca.

Me acercó a él, que sigue de espaldas y no me ve. Quiero decirle algo, pero no me atrevo. ¿Qué hace aquí? ¿Lo han obligado a venir o quiere arreglar las cosas? Y, lo más importante de todo... ¿por qué lleva esas pintas?

Arturo

Cuando pille a Miren me la cargo. ¡Joder, qué mujer! Ya podía haberme dejado en un hotel para que pudiera darme una ducha y me cambiara de ropa... ¡La hostia! ¿Pues no me deja en el centro de la ciudad hecho unas pintas y se larga a toda prisa, no sea que pierdan alguna comida de la pensión completa?

Miro el pedazo de papel en el que me ha escrito la dirección de Claudia. No sé dónde cojones está eso, pero de momento más me vale buscarme un hotel y comprarme algo de ropa. Y darme una buena ducha porque apesto. Huelo a una mezcla de sudor, animal y estiércol que sacaría a un muerto de su tumba.

Y encima aquí hace un calor de narices. Me estoy cociendo dentro del mono y estoy sudando como un cerdo. Seguro que llevo los sobacos en plan Camacho. La gente me mira, joder, y no me extraña. El termómetro marca treinta y cuatro grados, aquí todo Dios va con ropa de verano y estoy seguro de que pueden olerme a más de un kilómetro a la redonda.

Me paso la mano por la frente para secarme el sudor. ¿Me dejarán entrar en las tiendas o me echarán a patadas cuando me vean llegar?

Buf, no lo sé, pero o voy y me compro algo pronto o voy a morir de un golpe de calor. ¡Es insoportable! Así no se puede vivir.

Bueno, lo primero de todo es agenciarme algo de ropa. Al otro lado de la calle está Cortefiel, recuerdo que esa tienda le gustaba a Claudia. Me parece un poco cara, pero no tengo tiempo de andarme con bobadas, cuanto antes me quite el mono, mejor.

Me doy la vuelta para cruzar el paso de peatones y, antes de que pueda dar un solo paso, la veo.

Está muy guapa. Lleva un vestido blanco y unas sandalias de cuña a juego. Está más delgada. Se nota que ha perdido peso desde que dejó de comer en la posada de Elena. O quizás es porque no lo ha pasado demasiado bien por mi culpa.

—Hola, Arturo.

Me mira con la nariz arrugada.

—Lo sé, apesto.

—¿Qué haces aquí?

—Pues... —¿Cómo explicarlo si ni yo mismo lo sé?

—Mi hermana —señala a una chica rubia y alta, con aspecto de intelectual, que nos observa a unos metros de distancia— dice que te has bajado del coche que conducía un matrimonio mayor.

—Me han traído Miren y Juancho. Se han ido de vacaciones a Benidorm.

—Curioso destino.

—No te creas. A ellos les ha parecido lo más.

Veo que sonríe al pensar en el director y su mujer. Cómo no. Son únicos.

—Bueno, ¿y a qué has venido? —pregunta de nuevo.

No sé a qué he venido. He venido traído a rastras por Miren, pero también he venido porque la echo de menos. He venido porque no me ha quedado otra opción y porque tampoco sabía qué otra cosa hacer. Pero no digo nada de esto. Yo prefiero cagarla un poco más. En mi línea.

—¿Sales con Santiago?

Toma, con esta preguntita la he espantado seguro. Si es que soy gilipollas. No me podía guardar los celos un ratito.

—No debería ni contestarte a eso, pero si tanto te preocupa, te diré que no. No solo no salgo con él, sino que ya no somos amigos.

—Y yo que creí que todo el rollo este de venirte a Valencia era para estar con él...

Me mira con rabia, pero se contiene y responde muy digna:

—Si todas estas insinuaciones son por lo que creíste ver en el hospital, deberías saber ya que estás muy equivocado. Yo nunca quise que Santi me besara.

Se aparta un poco de mí y veo que empieza a darse la vuelta.

—Cuando te he visto desde el otro lado de la acera me

ha dado un vuelco el corazón. He pensado que venías a buscarme. A decirme que me querías. Pero ya veo que no. Miren te ha traído obligado y ahora estás enfurruñado. Pues que te den.

El final de esta conversación me recuerda demasiado a la que tuvimos en el mercadillo. Sé que de un momento a otro se va a alejar de mí y esta vez no volveré a tener la oportunidad de decirle lo que realmente siento.

Pero, una vez más, me callo.

—Joder, Arturo —murmura Claudia con voz ronca—. Te lo he puesto en bandeja y ni aun así.

Nos miramos. Este es el final.

Claudia echa a andar y no vuelve la vista atrás.

Yo me quedo ahí, plantado, sin saber qué hacer.

Entonces escuchó los pitidos de un coche y los gritos inconfundibles de la celestina más metomentodo que jamás he conocido.

Me giro para verla bajar la ventanilla y asomar medio cuerpo fuera del vehículo.

—¡Serás tarugo! ¡Ya sabía yo que no te podía dejar solo! —chilla—. He perdido una comida de la pensión completa porque sabía que la ibas a liar. ¡Quieres comportarte como un hombre y decirle lo que sientes!

Claudia se da la vuelta al escuchar los gritos y se queda parada, sin saber muy bien qué hacer.

Por fin, reacciono y me acerco a ella. La cojo de la mano por si siente la tentación de alejarse de nuevo. Ahora tengo que decir algo. Tengo que decirle que la quiero.

—Solo te lo voy a repetir una vez más, Arturo, ¿a qué has venido? —me pregunta muy seria.

—A esto.

Y, como el macho que soy, la atraigo hacia mí y la beso. Hacía tanto que no la besaba... ¡Cómo he añorado sus labios!

Para mi sorpresa, pese a mi estúpido comportamiento, el olor que desprendo y el sudor que sigue cayendo por mi frente, Claudia no se aleja. Me rodea el cuello con los brazos y, olvidando que está en una de las zonas más céntricas de Valencia, que todo el mundo nos mira y que yo voy guarro perdido, responde al beso.

Sus labios buscan los míos con desesperación y nuestras lenguas se enredan haciendo que nos olvidemos de todo lo que hay a nuestro alrededor. Solo estamos nosotros. Esto es, hasta que empezamos a oír aplausos.

Nos separamos un poquito y vemos que Miren y Juancho se han bajado del coche y han empezado a aplaudir, la hermana de Claudia ha hecho lo mismo y, claro, la gente que pasaba por la calle, al ver semejante espectáculo, se les ha unido.

¡Dios, qué vergüenza!

Cuando nos soltamos del todo, Claudia me suplica con la mirada:

—Quiero oírlo. Esta vez quiero que me lo digas.

Es tan cierto lo que voy a decirle que no puedo callarlo y, si por mí fuera, lo gritaría a los cuatro vientos. Pero creo que ya he montado bastante numerito.

—Lo siento, nunca debí desconfiar de ti.

Claudia espera expectante. Sé que, aunque le gusta oír mis disculpas, no es eso lo que quiere escuchar, así que decido dejar de hacerla esperar. Ya la he hecho esperar demasiado para escucharlo. Tendría que habérselo dicho hace ya mucho tiempo.

—Te quiero. Te quiero como nunca he querido a nadie, chica de asfalto.

—Yo también te quiero.

—Y, ahora, ¿qué hacemos?

—Por lo pronto, buscar el modo de que te laves. Luego pienso rociarte con Armani... y ya sabes lo que me pasa cuando hueles a esa colonia —dice con voz sexy.

Una ducha y medio bote de gel más tarde asomo la cabeza por la puerta del baño:

—Ya no huelo, ¿verdad?

Claudia, que está sentada sobre la cama de la habitación, hace como que olfatea el aire y pone caras raras.

—Es imposible que todavía huela mal...

Sonríe y sé que bromea.

Después del número en pleno centro, Claudia me ha comprado algo de ropa y hemos reservado una habitación para un par de días en el hotel Hospes Palau de la Mar. Ir al loft con su hermana no era lo que más nos apetecía, necesitamos un poco de intimidad, pero no me ha dejado acercarme a ella hasta que me duchara.

Cojo el pequeño bote negro y me echo un poco de colonia en el cuello. Me acerco a ella y dejo que me huela.

—Mmm...

Llevo el pelo mojado y tan solo una toalla atada a la cintura. Claudia coge la toalla de un extremo y, como quien no quiere la cosa, tira de ella, haciendo que caiga al suelo y dejando todo mi cuerpo al descubierto frente a ella.

Muy bien, Arturo, ¡ya tienes vía libre!

Epílogo

Claudia

Ha pasado un año desde que Arturo y yo nos reconciliamos. Me emociono al recordarlo ahí, en medio de la calle Colón, con una peste a vaca que echaba para atrás y sudando la gota gorda con ese horrible mono azul.

Me giro hacia él y le doy un buen repaso. Nuestras tardes de shopping han tenido su efecto, atrás han quedado las camisas de cuadros y ahora se decanta por las camisetas surferas. Claro que, con el calor que hace en Valencia, a ver quién es el guapo que se planta una camisa en pleno mes de agosto. Sin embargo, no es la camiseta ni los pantalones, ni siquiera sus deportivas, lo que me llama la atención de la indumentaria de Arturo. No.

Es esa cosita redonda y brillante que desde hace dos días luce en el dedo anular de la mano izquierda. Miro mi mano y observo el anillo idéntico que luzco en el dedo. Todavía no me lo creo. Marido y mujer. Hombretón del norte y chica de asfalto.

Este último año ha sido algo duro por la distancia,

pero lo hemos sobrellevado bastante bien. Todos los jueves por la noche, Arturo cogía el autobús nocturno y aparecía en mi casa de buena mañana y el domingo por la noche me tocaba despedirlo para que, en ese mismo autobús nocturno, regresara a Navarra.

Nos hemos echado mucho de menos, pero no ha habido día que no hablásemos por teléfono, cosa que ha fortalecido nuestra relación y ha hecho que estemos muy unidos.

Por fortuna, lo hemos solucionado todo y, a partir de ahora, solo tendremos que ir de vez en cuando para el norte. Arturo ha contratado a un ganadero de la zona para que le lleve las vacas y, como el caserío entero está vacío, lo hemos transformado en una casa rural que regenta un matrimonio de lo más simpático que logró recuperar las brasas del amor en un sencillo viaje a Benidorm.

Miren y Juancho están como locos de contento. Esta segunda oportunidad que se han dado les ha hecho muy felices y se lo pasan en grande sintiéndose los amos y señores del caserío. Sí, especialmente Miren, a la que le encanta mangonear.

Ahora estamos en el aeropuerto de Valencia, esperando en la cola para facturar el equipaje directo a Nueva York, aunque hacemos escala en Madrid. Las tarjetas de embarque las saqué anoche, que a mí eso de ser overbooking no me gusta nada. El tío que tenemos delante en la cola no ha sido tan previsor y le está echando una bronca a la pobre azafata...

Cuando la chica consigue despacharlo, sonríe y nos pregunta:

—Buenos días, ¿adónde vuelan?

—A Nueva York, con escala en Madrid. Ya tenemos las tarjetas de embarque —me apresuro a añadir.

La chica nos pesa el equipaje, le pone las etiquetas y manda las maletas por la cinta.

—No puedo creerme que no haya tenido que pagar exceso de equipaje —suelta medio en broma medio en serio mi recién estrenado marido cuando estamos llegando ya al filtro de pasajeros.

—¿Estás de guasa? Llevo lo imprescindible. No sé si lo sabes, pero la jungla de asfalto es el paraíso de las compradoras compulsivas como yo.

Sonríe.

—Me temo que tendrás que pagar el exceso de equipaje a la vuelta —añado.

Se acerca a mí, me pasa el brazo por la cintura y me besa con pasión antes de decir:

—Eso ya lo veremos. Tengo unas técnicas que quizás consigan evitar que salgas de la habitación del hotel.

—Mmm. No sé si lo conseguirás, pero lo que sí sé es que quiero que las pruebes. Todas. Y tantas veces como sea necesario. ¿Te parece bien?

Cruzamos por fin el control de seguridad y nos sentamos frente a la puerta de embarque. Arturo me acaricia la barriga mientras se queda pensativo.

—¿Qué pasa?

—Nada. Solo que estoy pensando que puede que al final sí que regreses del viaje con algo de exceso de equipaje.

Al principio no sé a qué se refiere, pero la ilusión de su rostro me hace comprender que es un exceso de equipaje por el que no se paga en facturación. ¡Quiere ser padre! Y yo no puedo estar más contenta, porque no creo que pueda haber nada mejor en el mundo que formar una familia con él; así que me preparo para disfrutar de nuestra luna de miel, de nuestro matrimonio y de todas las cosas que nos depare la vida.

Porque, al final, una urbanita sí puede enamorarse de un chico de campo y un ganadero sí puede enamorarse de una chica de ciudad: solo hay que olvidar los prejuicios y conocer a las personas, porque quien menos te lo esperas puede darte la felicidad.

ÚLTIMOS TÍTULOS PUBLICADOS EN HQN

Cuando llegue el verano de Brenda Novak

Inmisericorde de Arlette Geneve

Desde que no estás de Anouska Knight

Amanecer en llamas de Gena Showalter

Castillos en la arena de Sherryl Woods

En un solo instante de Carla Crespo

La leyenda de tierra firme de J. de la Rosa

Encadenado a ti de Delilah Marvelle

Una mujer a la que amar de Brenda Novak

La distancia entre nosotros de Megan Hart

Cuando nos conocimos de Susan Mallery

Sin ataduras de Susan Andersen

Sígueme de Victoria Dahl

Siete noches juntos de Anna Campbell

La caricia del viento de Sherryl Woods

Dí que sí de Olga Salar

www.ingramcontent.com/pod-product-compliance
Lightning Source LLC
LaVergne TN
LVHW030343070526
838199LV00067B/6428